永日小品

夏目漱石

散文经典

[日] 夏目漱石 著
李振声 译

人民文学出版社
PEOPLE'S LITERATURE PUBLISHING HOUSE

夏目漱石
永日小品

Simplified Chinese edition copyright © 2024 Shanghai 99 Readers Culture Co. Ltd
All rights reserved.

图书在版编目(CIP)数据

永日小品 /(日)夏目漱石著；李振声译. —北京：人民文学出版社,2024
（夏目漱石散文经典）
ISBN 978-7-02-018438-5

Ⅰ.①永… Ⅱ.①夏… ②李… Ⅲ.①散文集-日本-近代 Ⅳ.①I313.64

中国国家版本馆 CIP 数据核字(2024)第 003540 号

责任编辑　胡司棋　周　展
装帧设计　李苗苗

出版发行　人民文学出版社
社　　址　北京市朝内大街 166 号
邮政编码　100705

印　　制　山东新华印务有限公司
经　　销　全国新华书店等

开　　本　889 毫米×1194 毫米　1/32
印　　张　7.75
字　　数　115 千字
版　　次　2024 年 1 月北京第 1 版
印　　次　2024 年 1 月第 1 次印刷

书　　号　978-7-02-018438-5
定　　价　50.00 元

如有印装质量问题,请与本社图书销售中心调换。电话:010 - 65233595

目录

文鸟　*1*

永日小品　*29*

伦敦留学日记　*151*

文 鸟[①]

① 文鸟在鸟类传统分类系统中，属鸟纲雀形目文鸟科。其体型比麻雀略大，品类繁多，分布地区广泛，以非洲热带为最。主要以草本植物种子为食，繁殖期食昆虫。多结群栖息。本文记述的白文鸟，系由日本培育，雏鸟背部羽毛呈灰色，成鸟后羽毛雪白，喙与爪则呈红色。性格温驯，喜亲近人。——译者注。如无特别说明，本书注释均为译者注。

十月里，我搬到了早稻田。寺庙一样的书斋里，正独自肘支书桌，手托刚收掇停当的下颚的当儿，三重吉①跑了来，招呼我说："您该养只鸟！"我回道："养只鸟也行啊。"不过，出于周全，我刚问了声："该养什么鸟呢？"他立马回应道："就养只文鸟！"

我想，文鸟在三重吉的小说里都出现过，想必这鸟很好看吧。于是便托他："那就帮我买只文鸟吧。"三重吉呢，同一句话却反来复去叮嘱上好几遍："那您可得好好喂养它啊！""唔，唔，你去买吧！你去买吧！"就在我依然肘支书桌，手托下颚，这么含含糊糊嗫嚅的当儿，三重吉整个儿默然不再作声了。这时我才留意到，也许是自己这肘支书桌、手托下颚的做派，让三重吉不待见吧。

就这么挨过了三分来钟，他又叮嘱说："您得买只鸟

---

① 铃木三重吉（1882—1936），日本小说家，就读东京帝大英文科时，夏目漱石曾教过他。他那篇有文鸟出没的小说《三月七日》，就收在他的短篇小说集《千代纸》(明治四十年，即1907年版)里。

笼！"我刚回了声："那也敢情好啊。"这回他倒是没再叮嘱"您一定得买"什么的，而是跟我解说起了鸟笼的话头来。他所解说的，多半都是些头绪纷杂的东西，抱歉得很，我一句都记不住。只记得他说："上好的文鸟，一只得值上二十日元的价哩！"我便马上应了一声："也用不着买这么贵的吧。"三重吉便在那儿嗤笑。

接下来，我刚试着问他打算上哪儿买去，他马上回我，上哪儿哪儿的，有这么一家店铺，那儿有卖。听他口气，实在是小事一桩，唾手可得。我又回头问他，鸟笼打算上哪儿买去。他说，你说鸟笼？鸟笼么，有这么一家，叫什么名儿来着，在哪儿哪儿的店铺，该有的卖吧。他说的那些地方太活泛了，都有点云里雾里，不着边际。"可那是些连你自个都吃不准的去处，能行吗？"经我这么一狐疑，见我脸上"这可不行"的神色，三重吉便立马手捂脸颊，一下子没了底气，说："听说驹达那边有个编鸟笼的，名头还挺响的，不过嘛，说是岁数大了，说不定都已不在人世了哩！"

不管怎么说，我对自己说过的话，得担起肩胛来。理当如此。我迅即拿定主意,诸多烦杂事务,悉数交付三重吉操办。于是,三重吉便当即冲我说:"那您给钱!"我如数给了三重吉一笔钱,他便把钱塞进了那只也不知是从哪儿弄来的、席子纹织地的、一折三叠的钱包里。只要是钱,不管是人家的还是自己的,他都统统塞进这钱包,这是三重吉的习惯。我那张五日元纸币让三重吉塞进钱包的一幕,可都是我真真切切见证了的。

就这样,钱是千真万确地落在了三重吉手中,可是鸟和鸟笼呢,却迟迟不见送上门来。

一转眼的工夫,秋季已来到了小阳春的这一段。三重吉倒是时常还会来走动。常常是谈论上一番女人的话题后,他便又走了。那些解说文鸟和鸟笼的话,便再也不曾听他提起。透过玻璃窗,日头晃亮地落在了五尺[①]来宽的檐廊里。若是养了文鸟,又赶上这般暖日瞳瞳的时季,把鸟笼安置在檐廊里,那文鸟想必也会鸣啭得愈加欢畅的吧。我不由自主地这么揣想道。

[①] 长度单位,1尺为10寸,1寸为10分,1尺约合33.3厘米。

按三重吉小说里的写法，文鸟似乎是"千代！千代！"①这么鸣叫的。看得出，这鸣啭多半很对三重吉的心思，故而在他的小说里，老是"千代！千代！"地、没完没了地用着这个词。要不，便是哪个名叫"千代"的女子，让他痴迷得神魂颠倒的，那倒也说不定。不过，对这事，当事人的口风颇紧，从未透露过一丝半缕的消息，而我呢，也从未尝试去跟他打探过。但见日头明晃晃地洒落在檐廊里，可并不见有文鸟的鸣啭相随而至。

转眼间，便到了寒霜前来光顾的季节了。我还是每天在我这间寺庙一样的书斋里，时而整掇上一番寒伧的脸颊，时而任其乱作一团，时而肘支书桌手托下颚，时而不再肘支书桌手托下颚，便这么孑然寡然地打发着日子。两道门窗都已闭阖得严严实实的，可还在一个劲儿地往火钵里添加木炭。文鸟的事，自然都已忘得一干二净了。

就在这当儿，三重吉从门口威风八面走了进来。那是薄暮时分。这之前，因为怕冷，我前胸挨近火钵，特意让火

---

① 日语发音为："绮哟！绮哟！"

钵烤着的脸，正愁眉不展的，这下好了，顿时兴高采烈了起来。三重吉身后还捎来了丰隆①，这丰隆呢，可是个不靠谱的主儿。他俩一人提拎着一只鸟笼，然后呢，三重吉还俨然一副兄长的架势，搂着只硕大的箱子。我那张五日元面值的纸币，便是在这么个初冬的夜晚，兑现成了文鸟、鸟笼和箱子的。

三重吉洋洋得意道："嘿，快过来瞧瞧吧！"还吩咐说，"丰隆，把那洋灯②挪这边来！"随之看到，因为天冷的缘故，他的鼻尖有点发紫。

还别说，当真是只编织得美丽无比的鸟笼！底座上了漆，竹子切削精细，都一一漂染过。"这个三日元。""够便宜吧，丰隆？"三重吉口中这么说道。丰隆便应声："嗯，够便宜的！"我呢，也闹不清到底是便宜呢还是贵，便附和着："啊呀，这么便宜啊！""高档些的，听说也有开价二十日元的！"二十日元，这是他第二回提及这个价了。跟二十

---

① 小宫丰隆（1884—1966），日本评论家，当时还在读中学，后来也成了夏目漱石的门生中的一个。
② 煤油灯。

日元相比，自然是够便宜的。

"这漆呢，先生，放在日头里晒着的话，黑色会褪了去，渐渐泛出朱红——然后呢，这竹子都是水里煮过一遍，煮透了的，所以您尽管放心！"三重吉一个劲儿地跟我解释说。待我刚问起，让我尽管放心的究竟都有哪些，他又立马扯开去说："啊哈，您快瞧这鸟！可漂亮了，是吧？"

果不其然，是挺漂亮的。我将鸟笼安置在另一间屋里，也就隔着四尺的间距，从我这儿望去，那只鸟纹丝不动，微暗中看到的是一团雪白，雪白得若不是蹲踞在鸟笼里的话，你是不会当它是只鸟的。不知怎么回事，这鸟看上去像是冻着了似的。

"这鸟，像是冻着了吧？"我刚这么试着询问，三重吉马上回我说："这木箱，便是打制来替它御寒的，"他又吩咐道，"夜里，便让它待在这木箱里。""那鸟笼，干吗要两只呢？"我打探道。"这只编织粗糙些的鸟笼，得时常装在里边，替它冲洗身子。"三重吉回我道。我刚琢磨着"这鸟还真有点难伺候哩"，三重吉马上又追补了一句："这往后呢，鸟粪会弄脏鸟笼，您得时不时替它拾掇一番才是！"他替这文鸟吩咐我时,口气还挺强硬的。

我"是!是!是!"地应承着他的吩咐。这一回,三重吉又从和服袖兜里掏出一袋小米,叮嘱道:"每天早上您都得喂它吃这个。添换鸟食前,您得取出这鸟食罐儿,把小米的空壳浮皮给吹干净了。要不,米粒裹在里边,文鸟就得一粒粒地扒拉。还有水呢,您也得每天早上替它换过才行!反正先生每天起来得迟晚,估摸着时辰正好还挺适合您的。"三重吉对文鸟一派古道热肠,于是,我也便一叠声地"好的!好的!",只要三重吉吩咐什么,也便应承着什么。随后,丰隆又从和服袖兜里掏出鸟食罐、小水罐,当我面井然有条地摆放好。就这样,万事具备,只欠东风,逼着我接手喂养了。于情于理,这只文鸟,是非我照看不可的了。虽说心里压根儿没什么谱,可我还是拿定了主意,先喂养起来再说。就算我照看不过来,家人总还会帮衬上一把吧。我这么揣想道。

不一会儿,三重吉蹑手蹑脚着将鸟笼装进箱子,随后搬去了檐廊。"就放这儿,那您得……"言罢,他便打道回府了。我呢,则在这寺庙一样的书斋的正中,摊开床铺,打着寒噤睡下了。心里虽担待着文鸟这桩心事，睡梦中也身不由己地略略打了几个寒噤，可真睡下了，这一晚倒也没和平日有什么两样，睡得也挺安稳的。

第二天一觉睡醒，日头正照在玻璃窗上。我突然想起，得给鸟儿喂食了，可身子却懒得动弹，迟迟起不了床。"这就喂去！这就喂去！"心里这么一遍遍念叨着的当儿，终于磨蹭到了八点来钟，再也磨蹭不下去了，这才趁着去洗脸的工夫，赤着脚，踏进寒气袭人的檐廊，揭去箱盖，取出鸟笼，放在光照下。只见文鸟正一个劲儿地在扑扇着它的眼睛。莫非，它这是在巴望能起得更早些吧？我这么寻思着，觉得挺过意不去的。

文鸟的眼睛漆黑乌亮，镶嵌在眼睑周遭的筋脉，像是用浅红的丝线一道道精细缝纫而成的。眼睛一扑扇，丝线便倏忽汇聚拢来，扭合成一股，刚这么觉着，却又成了圆弧。鸟笼从箱中甫一取出，文鸟便微微偏斜着雪白的脑袋，轮转起一对漆黑乌亮的眼睛瞅向我，就这么"啾啾啾，啾啾啾"地鸣啭开来。

我蹑手蹑脚，将鸟笼搁在箱子上。文鸟啪地从鸟笼栖木上飞跃而下，随后又一跃而上，落停在栖木上。一共是两根栖木。黝黑的那根青轴①，活像一道有点跨度的桥梁，横亘在那儿。文鸟的脚便这么轻盈地踩踏在栖木上，那派头一眼望去，只觉得要多奢华便有多奢华的。镶嵌在细长浅红的端头的爪子，俨然珍珠雕刻而成，舒坦地捉握住粗细恰到好处的栖木。就这么在我眼前机灵地一晃动，文鸟便已在栖木上调转过身子，脑袋不时地朝左右偏斜着。就在估摸着它突然支楞脑袋、正待稍稍朝前伸去的当儿，但见雪白羽毛倏然耸动了一下，说时迟那时快，文鸟的脚爪便已落在了对面那根栖木的正中，"啾啾啾啾"地鸣啭了开来，就这样，这回是稍稍离得远些，在那儿紧紧瞅着我。

我去洗澡间洗过脸，折回时，绕道去了厨房，打开橱柜，取出昨晚三重吉替我买来的小米袋，朝鸟食罐里装填鸟食，又朝另一只小水罐灌上水，然后送往书斋的檐廊那边。

三重吉这人，心细如发，考虑周全。昨晚他叮嘱我时，把喂食时该留意的，都一一交代清楚了，这才离去的。按他

---

① 栖木的一种，用一种树皮油绿的梅树树枝制作而成。

吩咐的喂鸟须知，打开鸟笼栅门时，万万冒失不得，不然，文鸟准会逃逸得没了踪影。右手打开鸟笼栅门时，左手得在下面拦住，不从外边堵住鸟笼出口的话，麻烦就大了。取出鸟食罐时，一样也得费上这么番心思。他就这么叮嘱着，连手的姿势该做成什么样子，也都跟我演示了一番。可我追问说，单凭我这两只手，到底该怎么摆弄，才能把鸟食罐稳当地放进鸟笼里呢？他却没搭理我。

无奈之下，我只好手里拿着鸟食罐，用指甲，把鸟笼的栅门，一点点地往上拱，左手则迅即封堵洞开的口子。鸟儿稍稍回了下脑袋，随后便"啾啾啾"地鸣啭起来。我让封堵出口的左手给弄得左支右绌、窘迫不堪，而那文鸟呢，却也见不出像是专门瞅着人的疏忽，随时准备趁隙逃逸的模样。我不由地对这鸟儿心生愧疚。三重吉吩咐的，尽是些上不了台面的事。

硕大的手，慢慢探进了鸟笼。于是，文鸟猛地扑腾起翅膀来。温润的长羽毛，雪白一团，像是要飞腾而起、冲出削刮精致的竹格栏似的，翅翼噼啪作响。我突然对自己这硕大的手心生嫌厌。好歹在两根栖木间安置好小米食罐和水罐，随即抽出手来，鸟笼栅门便啪嗒一声，自然而然落下了。文鸟又返回到了栖木上。雪白的脑袋半打着横，抬眼瞅着鸟笼外的我，随后，挺直蜷缩的脑袋，在那儿打量起脚下的小米和水来。我便上吃饭间吃饭去了。

那段日子，是我当作功课、天天在那儿写着小说的时候。除了一日三餐，时间差不多都用在了伏案握笔上。安静的时候，我能听见自己纸上走笔的声响，压根儿不会有人上我这寺庙一样的书斋来，早已习以为常。不管清晨、白昼，还是夜晚，随时都能让我感觉得到这纸上走笔声响里的寂寞。不过，多半也会有这样的时辰，纸上走笔的声响骤然停歇下来，接着，不得不再次停歇下来。遇到这样的时候，我便习以为常地用指间仍夹着笔的那只手的手掌托住下颚，透过玻璃窗，张望狂风大作过后的庭院。待张望过庭院，稍稍攥上一把掌心里托着的下颚，若这么着仍未能将笔重新撮合到纸面上，这时我便会试着用两根指头，将攥过的下颚再抻上一抻。这当儿，檐廊那边便突然传来文鸟"啾啾"两声鸣啭。

我搁下手里的笔，跑去偷偷瞄了一眼。只见文鸟一如既往地迎向我,雪白胸脯挺凸得都要从栖木上跌落似的,在那儿"啾啾唧"地朗声鸣啭。若是落在三重吉的耳朵里,准会令他眉开眼笑的吧?我揣想。"啾啾啾啾",竟是如此美妙动听的鸣啭。"要是跟您熟谙了,它便会冲您'啾啾!啾啾!'欢叫的!一定会欢叫的!"三重吉便是这样跟我拍着胸脯担保过后,才打道回府的。

我又去鸟笼旁蹲下。文鸟蓬松的脑袋,忽而横下,忽而竖起,捣鼓了两三下。刚觉着一团雪白的身子嗖的一下从栖木上溜走,一双秀气的脚爪便已半隐半显在了鸟食罐沿口后边,看似只须稍稍勾动下小指便会立马打翻的鸟食罐,却纹丝不动,沉稳得像口吊钟。到底是文鸟,轻盈灵巧成这样的。一眼望去,也不知道怎么回事,直觉得就跟雪花的精魂似的。

冷不防间,文鸟的尖喙落向鸟食罐正中,随后朝两边拨弄了两三下,原先装填得挺平整的小米,便七零八落地撒落在了笼底。文鸟抬起鸟喙,喉咙里微微发出声响。鸟喙重新落向小米间,再次微微发出声响。这声响可真奇妙。若静静谛听,你会觉着圆润、细长,还迅捷,感觉就跟有个紫堇花大小的小人儿，正手持金槌，在那儿一个劲儿叩击玛瑙制的围棋子似的。

鸟喙的色泽，看去像是掺了层紫色的红。待这红渐次流淌开去，啄食小米的喙尖的周遭便呈现出洁白来，一种象牙打磨而成的半透明状的洁白。鸟喙啄食小米时异常敏捷，朝两旁拨撒小米珠粒的动作也格外轻盈。文鸟一鼓作气，将锐利的鸟喙深深插进金黄米粒，毫不顾惜地朝两边拨弄着它蓬松的脑袋的这一刻，便不知有多少粒小米被飞撒到了笼底。饶是如此，剩下那鸟食罐，却依旧寂然沉静着。真够高贵的这物件。我寻思这鸟食罐，不过也就一寸五分直径的大小吧。

我悄然回到书斋，在稿纸上寂寞地驱笔游走。檐廊那头，文鸟"啾啾"鸣啭，有时也会"啾啾啾啾"地鸣啭。屋外刮着凌厉的寒风。

向晚时分，我见到了文鸟饮水的模样。纤细脚趾勾住水罐边沿，仰起脖子，将含在小小鸟喙中的一滴水，郑重其事似的吞咽了下去。我一边估摸着，照这样的份，一杯水，那还不得喝上个十来天才喝得完？一边又回到了书斋。晚上，我把鸟笼收进箱子。入睡时，隔着玻璃窗朝外瞅上一眼，月亮已升起，寒霜正落下，箱子里的文鸟悄无声息，不见有任何动静。

第二天早上，抱歉得很，我还是起得很迟缓。从箱子里取出鸟笼时，照例又时过八点。箱子里的文鸟，应该早已醒来了的吧？可纵然如此，却不见文鸟有丝毫怨怼的神色。待鸟笼甫一搬到光亮里，它便急不可待地眨巴起了眼睛，稍稍缩了下脑袋，在那儿瞅我。

我从前曾结识过这般漂亮的一个女子。趁她倚着书桌在那儿遐想，我悄然走近去，站在她身后，抻长她紫色和服腰带上的扎束丝带的端头，就这么任凭它耷拉着，来回抚弄她那颈项的细窄处。女子慵懒地扭过脸来。此时女子眉头微蹙成八字，眼梢与嘴角沁出盈盈笑意，娇美颈项则同时朝肩膀敛缩着。文鸟瞅我时，我不由地想起了这女子。如今女子早已嫁作他人之妇。我用紫色腰带上的扎束丝带抚弄她的那会儿，正是有人替她提亲说媒过后的那两三天里的事情。

我给鸟食罐装填的鸟食还有八成的份儿，可里边多半混杂了浮皮空壳。小水罐里也漂满了小米的浮皮空壳，变得浑浊不堪。得换过才行。硕大的手再次探进鸟笼，虽说异常小心，可文鸟还是慌乱拍打起雪白羽翼，骚动不安的。哪怕只是折落下微不足道的一根羽毛，那也是我的罪愆。我觉得满心愧疚。我将浮皮空壳吹得一干二净。吹落的浮皮空壳，随即便又让寒风给刮去了不知何方。我还替文鸟更换了水。因为是自来水，冰凉冰凉的。

那天，我是谛听着笔触的声响挨过了整整一天的寂寞的。这中间，时不时地，也会传来几声"啾啾""啾啾"的清啭。"该不会，这文鸟也觉着寂寞，才这么鸣啭的吧？"我这么揣度。可跑去檐廊那边一看，只见它一会儿这边，一会儿那边，在两根栖木间，一刻不停地窜来窜去，丝毫不见有怨怼的迹象。

夜晚，我将鸟笼收进箱子。第二天早上醒来，屋子外一地的白霜。"文鸟也早该醒着了吧。"我揣摩着，可就是迟迟下不了起床的决心，就连搁在枕边的报纸都懒得拿起。纵然如此，我还是点了支烟。"等抽完这支烟，再起来给文鸟放风吧。"我一边目不转睛地打量着口中吐出的烟雾的行踪，一边这么寻思着。于是，烟雾里便隐隐然映出了从前那位美女的脸来，颈项微微收缩，眼睛眯成细缝，眉头颦蹙。我从被窝里坐起身子，睡衣外披了件外褂，立刻去了檐廊，随后摘去箱子的盖板，取出了文鸟。被从箱子取出的那一刻，文鸟"啾啾"清啭了两声。

按三重吉的说法，跟人熟稔后，只要一打照面，这文鸟便会鸣啭开来。听说三重吉眼下手头养着的那只文鸟，只要三重吉一出现在身边，便会一个劲儿"啾啾，啾啾"地欢叫个不停的。不光如此，听说它还会从三重吉指尖上叼啄食饵。我也挺想有朝一日能用指尖给它喂食的。

接下来的清晨，我又犯懒了。连从前那个女子的脸都没去追想。待洗了脸，吃过饭，这才像是醒过神来似的，去檐廊看了眼，也不知道什么时候，鸟笼已摆放在箱子上了，而文鸟呢，也已在栖木上一会儿这、一会儿那地饶有兴致地飞来飞去，腾挪着地方，然后时不时地伸出脑袋，从底下打量着笼子的外面，那模样真是天真无邪。从前我用紫色腰带上的扎束丝带抚弄过的那位女子，后颈颀长，身材纤细，她看人时，就喜欢稍稍偏斜着脑袋。

小米还有。水也还有。文鸟也挺心满意足的。我既没给它添加小米,也没给它换水,就这么让书斋给拽了回去。

中午过后,我又去了檐廊,想饭后消消食,顺便沿着依次环围着五六根柱子的檐廊走动走动,一边看看书。去檐廊一看,小米已被吃去七成光景,水也混浊不堪了。我把书撂在檐廊里,忙不迭地替文鸟更换食饵和水。

第二天还是迟起。就连洗脸、吃饭那会儿,都没顺便上檐廊去看上一眼。待我折回书斋,刚琢磨着或许跟昨天一样,家里人自会去取出鸟笼,给安置妥当的吧,一边稍稍探头朝檐廊那头张望了一下。还真是那么回事。鸟笼已被取出,食饵和水,也都是新换过的。我好歹放下心来,把头收回书斋,这时,正赶上文鸟"啾啾,啾啾"地清啭了几声,于是,收回的脑袋便又探了出去,可这回文鸟却没有再鸣啭。我带着几分诧异的神情,透过玻璃窗望向庭院里的寒霜。我好不容易才回到了自己的书桌前。

书斋里一如既往地响起了走笔纸上的唰唰声。还没写完的小说写得相当顺手。我觉得指尖发冷。今天早上添加的佐仓木炭早已成了一堆白色灰烬,悬在萨摩出产的火架上的铁壶也都凉得差不多了。炭篓里空空如也。我拍拍巴掌,可厨房那头根本就没听到。我站起身,打开门,只见文鸟一反常态地滞留在栖木上,一动不动地。再仔细一瞅,还单腿独立着哩。我在檐廊里搁下炭篓,弯腰朝鸟笼里瞅个究竟。任我怎么瞅,都还是单腿独立着。单凭一条华丽而又纤细的腿,支撑住整个身子,鸟笼里的文鸟,就这么默然不出一声地把自己给收掇停当了。

真是不可思议!我想。看来,对这文鸟什么都跟我关照到了家的三重吉,却唯独漏掉了这一项。我往炭篓里装完木炭,回到书斋时,文鸟依然单腿独立着。我伫身在寒冽的檐廊里,瞅了好一会,丝毫都不曾见出文鸟想动弹一下身子的迹象。我屏息敛气,目不转睛地注视着它,只见文鸟圆润的眼睛,渐渐弥合到了一起。莫非是想瞌睡上一会儿吧?我这么揣度着,悄然踏进书斋,前脚刚迈入,文鸟便又睁开了眼睛,就在这同一时刻,雪白的胸脯那儿便探出一条纤细的腿来。我阖上书斋的门,给火钵添上了炭火。

小说渐渐让我变得忙碌。早上依然是日上三竿才起得了身。自从家里有人替我照料文鸟后,不知不觉地,我仿佛觉得身上的担子一下轻松了许多。要是家里人没记起,我也会给鸟添上些食饵和水。遇到需要取出或收起鸟笼的时候，我也时常会召唤家里人，吩咐他们去做。对文鸟，我似乎只需要担负起聆听它鸣啭的职责便足够了。

纵然如此，上檐廊去的时候，我一定会伫立在鸟笼前，瞅瞅文鸟的模样。文鸟呢，多半总是在狭小的鸟笼里自得其乐，心满意足地在两根栖木间飞来飞去。天气好的时候，隔着玻璃窗，沐浴在清浅的日光里，它会一个劲儿地欢叫。可如三重吉所说，和我打了照面，便会越发欢畅地鸣啭，我却没在它身上看出它有这样的心思。

至于用指尖亲手给它喂食什么的，自然也还不曾有过。遇上心情还不错的时候，我有时也会用食指尖沾些面包屑什么的，试着从竹条间稍稍往里探去，可文鸟绝不会傍近过来。若是探伸的幅度稍稍大了些，文鸟便会让粗拙的手指给惊吓得慌乱拍打起翅翼，惶恐不安地满鸟笼乱窜。试上这么两三回后，我也只得满心歉疚地对这门技艺不再心存奢望，并对当今之世，谁真能拥有这样一手技艺，也颇起了一份疑心。也许古时的圣贤才做得到吧。我寻思着。三重吉呢，一准是在吹牛。

一天，就像往常的那样，我正唰唰走笔、连篇累牍地编制着某个寂寞的故事，不经意间，耳边传来了奇妙的声音。檐廊那头，是什么在飒飒作响。听起来，像是女子在整掇衣服的长长下襟。只是这么说有些嫌过，还是形容为模拟天皇、皇后模样制作的一对古装偶人，走上三月三日女孩节用来陈列偶人那样的台阶时，和服裙裤褶襞所发出的摩挲声更合适些吧。我将写了半程的小说撂在一边，就这么手中攥着钢笔，跑去檐廊张望，于是，便见到了文鸟洗澡的这一幕。

水刚换过。文鸟轻盈的腿浸没在水罐里，水深差不多齐胸毛，只见它时不时地左右舒展开雪白的翅膀，跟蹲坐似的，肚腹一个劲儿地微微挤压着水罐，浑身上下的羽毛都抖动了一下，然后嗖地飞跳上水罐的边沿，过了片刻，又飞着跳入水罐。水罐直径只有一寸半光景，文鸟跳入水罐时，尾巴落在外面，脑袋也是，更不用说背脊，自然也是落在外面的，只有腿和胸让水浸润着。即便如此，文鸟还是欣欣然，在那儿涮洗着它的身子。

我赶紧去找来了那只替换用的鸟笼，替文鸟换过鸟笼后，便手提喷壶，去洗澡间灌来自来水，给鸟笼里的文鸟哗哗洒水。水壶倾洒而下时,水呈珍珠状,从文鸟的羽毛上纷纷滚落。文鸟一个劲儿地眨着眼睛。

从前让我用紫色和服腰带上的扎束丝带抚弄过的女子,坐在褥垫上做着针线活的时候,我偶尔会在后面的楼上,用一面小镜子将春日的光线折射在她的脸上,并以此取乐。此时,那女子便会仰起微微泛红的脸颊,纤手遮掩在额前,莫名究竟似的在那儿眨巴着她的眼睛。这女子和这文鸟,这么眨巴着眼睛的时候,恐怕都是出于同样的心境吧。

随着时光推移,文鸟越来越会清啭了。可我却时常会淡忘了它的。有时候,食罐会只剩下小米的浮皮空壳;有时候,笼底积满了厚厚的鸟粪。一天晚上,我出门赴宴,回来得晚了,冬夜的月光洒落在玻璃窗内,宽敞的檐廊看上去要比平时稍稍明亮些,月光下,鸟笼寂然无声地坐落在箱子上。鸟笼一角,文鸟身上漂浮着淡淡的洁白,就这么若有若无地栖宿在栖木上。我挽起外褂袖子,赶紧将鸟笼收掇进了箱子。

到了第二天,文鸟仍像平常那样,精力充沛地在那儿欢叫开了。从那之后,我还是时常会有寒夜里忘了把它收入箱子的时候。一天夜晚,我正在书斋,像往常那样,专注地倾听着纸上走笔的唰唰声,檐廊那头突然传来了东西打翻在地的"咣当"声响,可我并没有站起身来,依然故我地匆忙写着小说。若是特意站起身,走去一看,却什么事情都没有,岂不可恨?可我也不是并不在意,还是自始至终地,佯装没有听见似的,一直在那儿稍稍侧耳谛听着。那天晚上,入睡都已过了十二点了。上厕所时,因为心里挂念着那声"咣当",觉得凡事还是小心点的好,便顺便绕道檐廊,上那儿去看个究竟——

鸟笼从箱子上跌落下来,就这么横着倒在地上。水罐和食罐也全都打翻在地,檐廊里,小米零落地撒满一地,栖木也脱落在鸟笼外。文鸟呢,正忍气吞声地紧攥住鸟笼顶端的横梁。我在心里发誓一般地拿定了主意,从明天起,再也不许让猫进到这檐廊里来了。

翌日没再响起文鸟的清啭。我给它盛满了山垛似的一罐小米,灌满了就快溢出来的一罐清水。文鸟单腿独立,久久地,在栖木上,一动也不动。午饭过后,我正琢磨着给三重吉写信求救,才写了两三行,便传来了文鸟两声"啾啾"。

笔还在我手中攥着时,文鸟又"啾啾"鸣啭了两声。待我出去张望,小米和水差不多都低去了一截。写了这么几句的信,没再往下写,就让我给撕了,扔了。

翌日,文鸟的清啭又没有响起。它没在栖木上,正匍匐在笼底,胸脯微微鼓胀。纤细的羽毛,看上去蓬乱得跟涟漪似的。这天早上,我收到了三重吉给我的信,说是有件什么事,要我上哪儿去一趟。信上拜托我十点前务必赶到,所以我只好随任文鸟,没做任何处置,就径直出门去了。见了三重吉,便为那件什么事说了很长时间的话,话题的头绪也很纷杂,俩人一块儿吃了午饭,还一块儿吃了晚饭,然后直到约定明天再见上一面后,才各自分手。回到家中,已是晚上九点光景。文鸟的事,早已让我忘了个一干二净。实在是累坏了,我赶紧上床睡下了。

第二天刚一睡醒,我便马上想起那件什么事来。"尽管当事人也都答应了,可让人出嫁到那样的地方,结局总不会好到哪儿去。或许正因为还年幼无知的,只要有人说上声哪儿哪儿也可以出嫁的,她也就'闻者有心'了吧。一旦去了那儿,恐怕轻易就出不了头了。像这样自己还觉着挺满意的，可却是在陷入不幸的事，世上真不知道有多少哩。"我用牙刷刷着牙时这么思忖道，吃过早饭后，便又出门赶去处置那件什么事了。

待回到家，已是下午三点钟左右。我将外套挂在玄关那儿，权当顺着走廊上书斋去，就像平常那样顺便去檐廊看看。鸟笼取出后已置放在了箱子上，可文鸟却仰面躺在笼底，两条脚硬邦邦、齐刷刷地跟身子紧绷成了一条直线。我伫立在鸟笼旁，目不转睛地凝视着文鸟，漆黑乌亮的眼睛一直闭着，眼睑的色泽也都变苍白了。

鸟食罐里尽是小米的浮皮空壳，值得啄食的小米早已颗粒无剩。水罐干涸成底儿朝天的样子。转到了西边的日头，透过玻璃窗，斜斜地洒落在了鸟笼里。笼底的涂漆，正像三重吉说过的那样，不知道什么时候，黑色已经褪去，泛出朱红来了。

我蹲下身去抱起鸟笼，然后把它抱进了书斋。我在十榻榻米①大小的书斋正中放下了鸟笼，毕恭毕敬地上前打开鸟

---

① 日本面积单位，1榻榻米约合1.62平方米。

笼的栅门，伸进硕大的手去，试探着，将文鸟捉握在了手中。文鸟温润的羽毛早已变成了冰凉。

我从鸟笼中抽出拳头，松开捉握着的手，文鸟静静地躺在我的掌心里。我就这么平展着手掌，久久凝视着死去的鸟儿，然后，蹑手蹑脚地将它放在了坐褥上，接着，便狠狠地拍了几下巴掌。

十六岁的小女佣闻声赶来，"哈咿"一声，跪在门槛边上。我冷不防捉握起坐褥上的文鸟，将它掷在了小女佣的面前。小女佣把脸俯向地面，就这么望着榻榻米，大气不出一声的。我责骂着"就因为你没给喂食，把文鸟给害死了"，对脚下的小女佣怒目而视。即便如此，女佣还是一声不吭的。

我回到书桌那儿，写了张明信片给三重吉。信里这样写道："家人未予食饵，文鸟终至饿死。此鸟于人本无所求，将其囚于笼中，且未尽豢养之义务，实乃残忍之至。"

我吩咐小女佣："把这信给寄走！再把那鸟给收掇了去！"女佣询问这鸟该收掇在哪儿？我光火地吼了声："你爱收掇在哪就收掇在哪！"女佣吓得赶紧捡起鸟来，退回厨房去了。

过了一会,屋后庭院那边传来了孩子的嚷嚷:"埋文鸟啰!埋文鸟啰!"只听得家中雇来负责料理庭院的花匠说了声:"小姐,您看,埋这儿好吧?"我并没有上后院去,依旧在书斋里挥动着手中的笔。

第二天,不知怎么回事,只觉得头很沉,一直挨到十点钟光景,才慢慢起的床。我一边洗脸,一边朝后院张望了一眼,昨天花匠发声说话的那一带,跟一株墨绿色的木贼草并排着,竖起了一方小小的木牌,个头要比木贼草矮上许多。我穿上去庭院穿的木屐,碾碎背阴处尚未化去的白霜,挨近去看个究竟,木牌正面是笔子的手迹:"勿踩踏此道土埂!"

下午,从三重吉那边来了回信。信上尽写些"觉得文鸟好生可怜"的话,连怪罪家中女佣残忍、冷酷一类的话都只字未提。

永日小品

元　日

　　刚从书斋抽身出来去吃杂煮①的当儿，一下儿就来了三四个人，全是年轻男子。其中的一位穿的是大礼服，好像还没穿惯，对麦尔登呢料子显得微妙地拘谨，其余几位都是一身和服，并且就是平素穿的和服，所以一点儿也看不出是在过新年的样子。这帮儿瞅着那大礼服，一个个"哎哟，哎哟"地啧啧有声。这分明是让大伙儿感到了惊讶。我也跟在后边儿"哎哟"了一声。

　　大礼服掏出白手帕来擦拭他那担待不起一点事儿的脸，然后一个劲儿地喝屠苏酒，其他伙伴便也入坐在食案前，痛快地享用着饭菜。就在这当儿，虚子坐着车子赶来了。穿着一袭有黑色家徽印记的黑外褂，是极尽老派之能事的那种款式。我问他，你这还留着黑色家徽印记，敢情是为了演能乐的缘故吧？虚子便回我说，是哩，是哩。然后他便说，来段儿能乐的谣曲怎么样？我回他说，唱一段也行啊。

---

① 日本人过年时吃的年糕汤。

于是，俩人联袂搭档，唱起了一出名叫《东北》①的谣曲。那还是好多年前学的，后来几乎就没温习过，所以好多地方都已记不清了，这么着，也就只好我行我素，将就着含含糊糊唱去，好歹快要对付着唱完的时候，一旁听着的年轻伙伴们却像是串通好了似的，异口同声地说我唱得不地道。连大礼服也掺和在里头说，你唱得悠悠忽忽的！我以为这本是一帮子对谣曲能乐的唱词一概一窍不通的主儿，大概压根儿就闹不清虚子和我孰优孰劣，可让他们一指摘，即便他们是外行，因为指摘得在理，我这边也就只好无奈，鼓不起勇气来说他们是在胡说了。

接下来虚子说起了他近来正在学鼓的话头。对谣能唱词一窍不通的那帮子便瞩望道，敲一个！务必让我们听一回！虚子便请求我说，那，你唱谣曲！这对不知伴奏为何物的我来说，既觉得为难，却又让一种新奇感搅起了兴头，便允承了下来，说，那就唱吧！虚子让车夫奔回去取鼓，等鼓一到，便从厨房里搬来炭炉，在通红的炭火上焙烤起鼓皮来。

---

① 日本谣曲名，以悠闲优美而著称。

大家都惊讶地看着。我也让这般生猛火爆的烤法大吃了一惊。没事吧？我这一问，他便嗯了声，没事，说着便在绷得紧紧的鼓皮上弹动指头，听得一声嘣脆的音响，他便说，这一下行了！把鼓从炭炉上撤下，并系紧了鼓的绳弦。一身家徽和服的男子，摆弄起红绳弦来，不意之间，便不由得让人感觉到几分风度的高贵和优雅。这回，大家都以感佩的心情看着他。

虚子终于脱去了和服的外褂，然后抱住了鼓。我让他稍等片刻。我还不知道他会在哪些地方捶鼓，先得和他协调一下才是，我想。虚子便恳切地示意我说，这里会有几声助威的吆喝声，这里又该是怎样一番捶鼓声，你就照着来吧！我可是一点儿门道也摸不着。但要琢磨透，那得花上两三个小时，无奈之下，我也只好敷衍了事地作了应承，于是便唱起了《羽衣曲》①。在把"春霞爱逮"这句词唱到一半时，我便感到后悔了，老觉得这曲儿的头没开好，唱得太单薄了。可要在半途里一下子发力提振，那非把曲儿的整体格调搞砸了

---

① 是指截取谣曲《羽衣》中"春霞飘忽缭绕……白云绝妙舞长袖"，按"曲舞"节拍来演唱的一个段子。

不可，所以只好一任其萎靡不振的样子，一步步往下唱，不料猛然间，虚子高亢地吆喝了一声，还捶了下鼓。

　　我连做梦也没料到，虚子的吆喝和捶鼓会来得如此的生猛威烈！我还以为只能是优美悠长的吆喝，却俨然是身临一场正式比赛似的，把我耳朵的鼓膜都震撼了。因了这声吆喝，我的曲儿便一波三折起来。待曲儿渐渐变得微澜不兴，此时的虚子便再次从一旁使劲儿把我震慑上一回。挨一回惊吓，我的声腔便会踉踉跄跄地摇晃上一阵，然后再微弱下去。如是这般地对付了一阵后，在一旁听着的人便哧哧地小声笑了起来，我在心底里也觉得自己真是愚不可及。当时是大礼服抢先笑出了声，随之众人一哄而起，闹了个哄堂大笑，我也让这势头裹挟着，一并笑出了声来。

　　接下来，我受到一通很厉害的批评，其中尤以大礼服的讥讽和挖苦为甚。虚子微笑着，无奈地和着自己的鼓声，自己唱起了谣曲，顺顺当当地唱完了那支曲儿。不一会儿，他称自己还得挨个儿去给人拜年，便坐车回去了。这之后，我又让这帮年轻人无情地冷嘲了一通，连我妻子也一起掺和在里边，贬损自己的丈夫，贬完后，她又赞赏说，高滨先生捶鼓时，我看到了他和服里边贴身衬衫袖子的摆动飘荡，那色泽真是好！大礼服立马表示他赞同此说。虚子贴身衬衫袖子的色泽也好，那袖子色泽的摇曳摆动也罢，我决不认为有什么好的。

蛇

打开栅门,走出屋外,一眼便看到巨大的马蹄痕里贮满了一泓雨水。脚踩在泥土上,泥声便争相朝脚趾缝间扑来。提脚后跟时,感到一阵痛楚。右手拎着提桶,脚在泥里拔出又陷进的,正是进退维谷。提心吊胆地对付着脚下的当儿,为了保持上半身的平衡,正打算把手里的东西给扔了。俄然间,提桶的底儿便一下子深深地坐进了泥里,是提桶把手支住了我差点儿摔倒在地的身子。我看到对面三米开外处,叔父披着蓑衣的肩膀后边,垂耷着一张呈三角形张开的鱼网的网底。此时,戴着的斗笠微微动了一下,我似乎听到了斗笠里传出的话音:好泥泞的路啊!随即,蓑衣影儿就让雨给刮跑了。

站在石桥上往下看,只见幽黑的水从草丛间奔涌而来。要在平常日子,水深不会超过三寸脚踝的河底里,长长的水藻迷迷瞪瞪地摇曳着,看上去,水流是异常的清澈,可现在,整个变得浑浊不堪。泥从河底泛起,雨又叩击着河面,河流在河心里不断地打着漩涡流去。叔父定定地望了会漩涡，口中说道："能逮住！"

俩人一过桥，便朝左手拐去。漩涡在碧绿的田圃间蜿蜒着延伸而去。我们跟踪在不知会奔涌向何处的河流身后，走出大约百来米的样子，于是，俩人便孤寂冷清地伫立在一片开阔的田圃里。四周一望，能映入眼帘的，尽是雨水。叔父从斗笠里仰头望了眼天空。天空黑压压地闭锁着，就跟密不透风的茶壶盖似的。也不知道是从哪儿落下来的雨，就这么连绵不断地下着。正这么伫立着的当儿，只听得哗啦哗啦的声响，这是击打在身上的斗笠和蓑衣上的声响，随后又响起了击打在四周田圃里的声响。恍然间，在前面看得见的地方，仿佛击打着国王苑大片森林的声响，也错杂在里边，从远处传来。

森林的上方，乌云像是受了杉树梢的召唤似的，密匝匝地叠合在一块儿，幽深莫测。乌云因了自身的重量，从天上松弛无力地耷拉下来。此时，云脚让杉树梢头给绊住了，眼看着就会一头栽倒在森林里似的。

我留神看了一眼脚下，漩涡滔滔不绝地从水上流来。国王苑内池塘里的水，看上去也像是受了那乌云的袭击似的，漩涡变得湍急起来。叔父又一次凝视着翻卷而来的漩涡，就像是逮住了什么似的，说了声："能逮住！"待话音落下，就这么穿着一身蓑衣下了河。水势虽然很猛，但水并不怎么深，站着也就齐腰深的样子。叔父稳稳当当地站在了河流正中，前面是国王的森林，面朝着河道的上游，卸下了肩膀上扛着的鱼网。

俩人在雨声里，目不转睛地凝视着迎面涌来的漩涡。从国王御池中游出来的鱼，一准儿就在这漩涡下随波而去。我俩专心致志地凝视着汹涌河水的色泽，心想，若是把渔网架好了，就能逮住大鱼！河水比先前更浑浊了，只看得见河流表面的动静，压根儿看不清水底下的河流是个什么样子。虽则如此，我还是两眼一眨不眨，等待着泡在河水里的叔父挥动胳膊的那一刻，但是老也不见那胳膊有动静。

雨脚渐渐地黑了下来。河流的色泽越发沉重了。水涡的波纹从河面上猛烈打旋而来。就在此时，可怕的黑浪正待气势汹汹地从眼前涌过之际，我隐隐看到了一个色泽不同的影儿。那影儿只是一刹那被映显，但那一刹给人的感觉竟然很长。这可是条大鳗鱼！我想。

这当儿，顶着河流、手握网把的叔父，右胳膊挥动了一下，就好像是从蓑衣下猛地一下弹到了肩膀上似的。那绵长之物从叔父的手里逃脱了出去，在一个劲儿下着的幽暗骤雨中勾画出一道曲线，就跟一根粗重的绳子似的，然后坠落在了对面的河堤上。就在这一转念间，草丛中便嗖地窜出一条足足有一尺长的镰刀状的蛇脖，蛇脖就这么一直僵梗着，对我俩怒目而视。

"给我记住喽！"

那确然是叔父发出的声音。随同这话声，镰刀状的蛇脖便在草丛中消匿了。叔父脸色发青，盯住蛇逃匿进草丛的所在。

"叔父，刚才是您在说'给我记住喽'的吗？"

叔父渐渐朝我转过脸来，然后低声答道："我也闹不清是谁说的了。"即便时至今日，每逢我跟叔父提起这段往事时，他也总是用一种微妙的表情回答说："我也闹不清是谁说的了。"

小　偷

　　我想去睡了，一走到隔壁的屋子，席铺上被炉的味儿便扑鼻而来。如厕回来时，我便关照妻子道，被炉的火好像太旺了，得留点儿神。说完这话，我便回自己的屋子去了。时间已过了十一点。在床上，就像通常一样，我做了个安详的梦。天虽冷得厉害，却并没有刮风，就连报传火警的钟声，也变得不那么刺耳了。时间的世界，就像是让我的酣睡给灌醉了似的，我整个儿睡死了过去。

　　于是，突然之间，一阵女人的哭泣声把我吵醒了。一听便是名叫藻节的那个女佣的声音。这女佣，只要一受惊吓就会惊惶失措，也就顾不上是什么时候，随时都会哭出声来的。前些天，她在替我家里的婴儿洗澡时，因为婴儿让水蒸气熏着了，抽起了风，便足足哭了有五分钟。那是我第一次听到她的奇异哭声。她抽抽搭搭地哭着，嘴里又飞快地说着什么。那情形，就好像是在申诉，在争辩，在道歉，在为死去的情人悲伤——压根儿也不像我们平常受到惊吓时所发出的那种锐利的、尖短的感叹辞的口吻。

我就是让方才说到的那种奇异的哭声给吵醒了的。这声音分明是从妻子睡着的、隔壁那间屋子里发出的。与此同时，通红的火光唰的一下透过纸拉门，映射到了幽暗的书斋里。火光一映入我那刚睁开的眼帘，我便马上意识到——"失火了！"我从床上跳了起来，然后哗的一声，一下子打开了纸拉门。

当时我想象到了打翻在地的被炉，想象到了烧焦的被褥，想象到了弥漫的烟和着了火的榻榻米。可是，当我打开纸拉门，只见煤油灯跟往常一样点着，妻子和孩子就像平常一样睡着，被炉安安稳稳地放置在它夜间该放置的地方，一切都跟我入睡前所看到的一模一样，平安而又温暖。只有女佣一个人在哭泣着。

女佣像是摁住了妻子的被子边沿似的，一个劲儿飞快地诉说着什么。妻子醒了过来，只是眨巴了一下眼睛，并没有要起身的意思。我闹不清到底发生了什么事，只得呆呆地戳在了门槛边，懵懵懂懂地环视着屋子里的情形。这当儿，女佣的哭声里突然出现了"小偷"两个字。我一听到这两个字，就好像一下子全明白了似的，立马大步穿过妻子的屋子，冲进了隔壁一间屋子，一边大声呵斥道："怎么回事！"——可我冲进去的那间屋子却是一片昏暗。厨房的一溜儿窗板，有一块被卸了，朗丽的月亮照到了屋子的大门口那儿。深更半夜里，一看到照进住家屋子里来的月影，不由地让我感到了一阵寒意。我光着脚，从铺着地板的屋里来到了厨房的洗碗池边，只见得四周一片寂静。我窥了眼门外边，屋外全是月光。我连跨出大门外一步的兴致也没了。

我返身回到妻子那儿，告诉她，小偷已跑掉了，放心吧！什么也没丢！妻子这才慢慢起了床，一言不发地拿起煤油灯，去了那间一片昏暗的屋子，灯光照在了衣柜上，两扇柜门被打开，抽屉就这么拉开着，妻子望着我说了声："果真，被偷了。"我也这才意识到，小偷是得手之后跑掉的。突然间我觉得自己像是让人给耍弄了一番。朝那边看去，是用哭声把我们唤醒唤来的女佣的被褥，那枕边还有一个衣柜，衣柜上面还叠着一个西式衣柜。因为是年底了，准备付医生的医药费和别的一些费用，似乎都在那个衣柜里，我让妻子盘点了一下，她说这些钱倒还原封不动地在那儿。大概是女佣哭着从檐廊下跑出去的缘故，小偷只得半途而废，滑脚开溜。

这中间，睡在外间屋子里的人也都起来了。于是，大家纷纷说起了杂七杂八的话头。有说："刚才我差点儿起来去上厕所！"也有说："今儿晚上我睡不着，直到两点还干睁着眼睛来着！"总之都显得很遗憾的样子，其中，年届十岁的长女开口说道："那小偷是从厨房那里溜进来的，小偷打檐廊下走过时，脚下还弄出吱吱嘎嘎的声响来着，我都一清二楚！""哎哟！这可得了！"阿房惊吓得不浅。阿房十八岁，跟长女睡一间，是亲戚家的女儿。我重又上了床，睡着了。

第二天，因为出了这么个乱子，我起来得要比平时稍稍迟些。洗过脸，正吃着早饭，便听到一阵嚷嚷，有说女佣在厨房里找到了小偷的脚印，也有说没找到的，因为嫌烦，我转身回了书斋。估摸回到书斋大约十分钟的样子，便听得有人在玄关那儿招呼了一声，用了一种很雄武的声音。看情形，似乎被堵在了厨房门外，我去门口一看，格子门外正站着个警察，只听得他笑嘻嘻说："家里好像让小偷给光顾过了吧？"因为他又问起："门锁上得结实吗？"我回他说："哎呀，上得实在是不怎么结实。"他便提醒我说："那就没办法啦!门锁要上得不结实,小偷就到处都钻得进去。这窗板非得一块一块全都钉上钉子不可。"我便"啊,啊"地随口应答下来。自从和这警察打了照面之后,给人的感觉就好像是失窃怪不得小偷,得怨主人门锁没上紧才是。

警察转到了厨房里,又在那儿逮住我妻子,朝小本本上记录起丢失的东西来。"锦缎丸带一条,是吧?——丸带是干吗用的?写成丸带,别人看得懂吧?对了,那就写上锦缎丸带一条,还有……"

女佣嘻嘻发笑。这警察对丸带啦、和服带子啦,压根儿一窍不通。真是个单纯的警察,真有意思。不一会儿的工夫,他便开列出一份足有十件失窃物的目录,底下还记下了物品的价钱,然后慎重叮嘱了一声:"总共是一百五十日元,是不是?"这才打道回府去了。

直到此时,我对偷走了些什么东西,这才心里有了个谱儿。丢失的十件物品,全是和服带子,昨晚溜门进来的原来是专门瞄准和服带子下手的小偷。新年迫在眉睫,妻子的神色都变了。看来,新年的头三天里,让孩子们换上一身和服的事得泡汤了,真是要命。

过了晌午，来了个刑警，上客厅各处察看着。"那小偷会不会在小木桶里点上了蜡烛作案呢？"说着，连厨房里的小木桶也一并查看了一下。我招呼他："先请用点茶吧！"邀他上光照甚佳的茶间去坐坐，一块儿聊个天。

他说，小偷十有八九是从下谷、浅草一带坐电车过来的，第二天一大早再坐电车回去的。那十有八九是逮不住的。要逮住的话，那刑警反而吃大亏了。你让小偷坐电车，你得蚀掉一笔车票钱。你送他上法庭，你就得替他出盒饭钱。他还说，是有笔机密费可供调遣，可先得由警事厅掰去一半，掰剩下的，才轮得到下面警察按人头分摊。像牛込警署，满打满算才三四个警察。——原先我一直相信，凭警察的能耐，逮个把小偷还不是十拿九稳的事儿？可现在我心里一下子没了底。而跟我谈论着这一切的刑警，也是一脸毫无把握的神色。

我想让家里的一位常客把窗板修缮一番，但很不凑巧，正赶上年底，他忙得不可开交，来不了我家。一转眼间，又到了晚上，无奈之中，只好让窗板的事一仍其旧地搁在那儿，上床睡觉了事。家里人看上去都有点担惊受怕的样子，我也是一肚子的懊恼。因为警察早已宣布了，小偷本该是人人随手剪除的事，那不等于在说，遭窃乃家常便饭之事？

话是这么说，可昨儿晚上刚让小偷光顾过，今儿应该没事吧？这么一思忖，我也便宽下了心，把头搁在了枕头上。可到了半夜，我又让妻子叫醒了，说："厨房那儿，刚才老听到有啪嗒啪嗒的声响。"又说："怪让人毛骨悚然的，你起来看看去！"果然传来了啪嗒啪嗒的声音，妻子一脸俨然已遭小偷溜门撬锁的神色。

我悄没声儿地起了床，蹑手蹑脚地穿过妻子的房间，来到了起分隔房间作用的纸拉门的边上，只听得隔壁屋子里女佣正打着鼾，我尽量放轻手脚打开拉门，然后独自一人站在了漆黑一片的屋子里。我听到了一阵毂笃毂笃的声响。确实是从厨房门口那儿发出的。在黑暗里，我像个影子似的，朝发出声响的地方迈进三步的样子，眼看就是厨房的门口了，那儿竖着一道拉门，外边就是铺着地板的走廊，我贴着拉门，在暗地里竖起了耳朵。马上便听到了毂笃声。过不了多久，又听得毂笃一声。听了大约四五遍后，我便吃准了，这怪异的声响，是从搁在铺有地板的走廊左侧的一个橱柜里发出来的。我一下儿又恢复了平时的走路步子、平时的举止，回到了妻子的房间，告诉她："是只老鼠，在咬什么东西。你放心吧！""是吗？"妻子回了一声，好像带着谢意。于是，我俩便一起安稳地睡了过去。

到了第二天的早上，我洗过脸，刚来到茶间，妻子便把老鼠啃过的一段鲣鱼干儿放在了餐桌前，告诉我："昨儿晚上，就是它！""哎呀！怪不得……"我望着昨儿让老鼠整整糟践了一晚上、早已惨不忍睹的鲣鱼干说道。这一来，妻子便带点抱怨的口气数落我说："你轰老鼠那会儿，要顺手把这鲣鱼干给收掇好了那就好了，可是……"我也是事至此时方才意识到，要那样的话，那就敢情好啦！

柿　子

有一个名叫小喜的孩子，皮肤光洁，眼珠鲜亮，脸蛋上却找不到世上那些长得健康的孩子都会有的那种分外清澈明朗的气色，稍稍看上一眼，心里便会堵上一种黄巴巴的感觉。常常出入她家的梳头女品评道，那都是她母亲太护着她，一直不让她出门玩儿的缘故。眼下已是女人时行西式发型的世道，可她母亲还是非得隔四差五地绾上一回老式发髻不可。是这么个女人。她"小喜子儿，小喜子儿"地唤着自己的孩子，什么时候也不忘带着这亲昵的口气的。这母亲的上面，还有个把头发剪成了短垂型的祖母，这祖母也是"小喜子儿，小喜子儿"那么地唤着的。她们叮嘱她："小喜子儿，该去学琴啦！小喜子儿，别在外面随便跟那边的孩子一起玩儿！"

因为这个缘故，小喜从不随便出门玩儿。不过，周围住家的档次的确不怎么高。前边是家开盐煎饼店的，那隔壁住的是个瓦窑匠。再稍稍往前边一点儿，是换木屐齿的和修锁的。可小喜家，却是在银行里有头有脸的。院子里种着的是松树。一到冬天,花匠便会上门,窄窄的院落里便会铺上一地的枯松枝。

因为没别的法儿,学校放学回来,要寂寞了,小喜便会上屋后边去玩。屋后边是母亲和祖母浆洗布料的地方,是名叫良的女佣洗濯的地方。到了年脚根儿,会有个头上包着冲前打个结的毛巾的男子担来石臼,这儿便又成了舂年糕的地盘。还有,这儿还是腌咸菜时给菜撒上盐,然后装进腌菜桶去的地盘。

小喜来到这儿,便把母亲、祖母、良都当作自己的同伴,一块儿玩耍。有时没玩伴,只得独自出来。那时他便常会从矮矮的树篱间,偷偷打量后街的大杂院。

大杂院有五六间屋子。树篱笆下筑着一道三四尺高的崖壁,小喜窥视起来,恰好居高临下,就跟俯瞰似的,很方便。像这般俯瞰后街大杂院,在小喜稚嫩的心里,是很快活的一件事儿。一见到在兵工厂上班的阿辰打着赤膊喝酒的模样,小喜就会告诉母亲:"他在喝酒呢!"一见到做木匠的阿源在磨斧子,小喜便会告诉祖母:"他在磨斧子呢!"除此之外,她还会说到"在吵架哪""在吃烤白薯哪"什么的,她把自己俯瞰到的，——原封不动地加以通报。于是，名叫良的女佣便会哈哈大笑，母亲、祖母也会觉得挺有趣地笑起来，而小喜呢，能这样赢得她们的笑，是她最感得意的事儿。

小喜在偷偷打量着后街的时候，有时也会碰上阿源的崽子与吉，要那样，三次里面便有一次会搭上个话。可在与吉那里，小喜自然找不到俩人说得到一块儿的话，每次闹到最后，必以吵嘴收场。只要与吉在崖下说："咦，脸怎么这么青肿？"小喜便会在崖上冲他抄起圆下巴，作轻蔑状道："喂！瞧你个小鼻涕虫，穷鬼！"有一回，与吉恼了，操起晾衣竿从下面捅来，小喜吓得逃进屋里躲了起来。还有一回，小喜一个用毛线钩织得很漂亮的橡皮球掉到崖下去了，让与吉捡到了，却老不还她。"还给我！快扔还我，好不好？"她一个劲儿地催促道。可与吉拿着那球，就那么瞅着崖上，站在那儿摆架子，说："给我认个错，你要认错，我就还你。"小喜便一叠声地说着"谁跟你认错？你是个小偷"，便跑到正在做着针线活的母亲身旁哭了起来。母亲便郑重其事地差遣女佣良前去索还那球，可与吉他妈也只是虚应了一下面子,说了声"实在对不起啊",那球却始终没回到小喜的手里。

这事过去了三天,小喜又拿着个大红柿子去了后街那儿。于是与吉便像往常那样挨近到崖下来。小喜将拿着红柿子的手从树篱笆间探了出去,一边说:"给你,要吗?"与吉在崖下睃着那柿子,嘴里虽说着"什么呀,什么呀,那玩意儿谁稀罕哪",脚下却是一动不动地伫立在了那儿。"真不要?不要,那就拉倒!"小喜说着,手从篱笆下收了回去。这一来,与吉果然说着"什么呀,什么呀,我可要揍你啦",又挨近到崖下来了。"那,你是想要喽?"小喜重新把柿子伸了出去。"谁想要啦?那玩意儿!"与吉睁大着眼,抬头看着崖上说。

这样的问答重复了大概有四五遍的样子,小喜这才说了声:"那,给你吧!"手中的柿子噗咯一声掉在了崖下。与吉慌里慌张地捡起那沾了泥的柿子,并且一捡到手里,便马上狼吞虎咽地横着一口咬住那柿子。

此时的与吉,鼻孔歙动着,像是在打颤似的,厚厚的嘴唇朝右边歪斜过去,随后,他把一块咬了一半的柿子噗地吐了出来，接着，像是把所有的嫌恶全都汇集在了眼珠里似的，说："真涩口！这玩意儿！"说着，将手里的柿子冲小喜扔了过去。柿子从小喜头上飞了过去，打在了她身后堆放杂物的库房上。小喜一边嚷着："瞧你这馋嘴！"一溜烟儿地跑回了家。不一会儿，小喜的家里便传出了一阵大笑。

火　钵

一觉醒来时,昨晚抱在怀里睡了过去的怀炉早已在肚子上冷掉了。透过玻璃窗门朝屋檐外张望,天色发沉,看上去就跟一块三尺来宽的铅板似的。胃痛好像已差不多爽然离去。我毅然决然起了床,这才发现天气要比我预想的冷。窗下,昨儿下的雪依然故我地堆在那儿。

澡房冻在了冰里,在那儿闪着硬邦邦的光亮。水管给冻死了,打不开水龙头。好不容易凑合着用温水擦了个身,来到饭厅,刚将红茶倒进茶杯时,我那两岁的儿子便又跟往常一样哭闹了起来。这孩子,前天已经哭闹过一整天,昨天也是哭闹个不停。我问妻子这是怎么啦,妻子回我说,没怎么的,只是因为天冷。真没办法,那哭闹也确实带点儿磨磨蹭蹭的意思,好像并没有多少痛苦。说是这么说,可他哭闹,总是有什么地方让他感到不踏实吧?所以听到他在哭,结果让我心里也变得不踏实起来。有时,这哭声多少让我感到了嫌厌。我甚至还大声叱责过。可不管怎么说,一想到他还那般幼小,最终只好忍住不去叱责他。前天和昨天便都是这样忍了过来的。今儿莫非还得这样子忍上一天？一念及此，打一清早起，我就觉得闷闷不乐的，因为胃不好的缘故，近来我给自己定了条不吃早饭的规矩，于是便端上茶杯，往书房里撤去。

伸手烤着火钵，身子便有点儿暖和起来。孩子仍在那边哭闹。随后，手掌是热了，就像快要冒烟似的，可也只是手掌，脊背到肩膀仍冷得要命。尤其脚指尖，冻得直发疼，无奈之下，只好一直不去动它。稍稍活动一下手，也马上会触碰到不知藏身在什么地方的寒冷，感觉就像让刺扎了一下似的。就连转动脖子时，脖颈在和服领子上滑过，也会有一种忍耐不住想打冷颤的感觉。寒冷从四面八方压迫而来，我在十榻榻米的书房的正中间瑟缩成了一团。这书房铺的是地板，在本该安置椅子的地方，我让铺上地毯，坐在上面，想象着就跟通常坐在榻榻米上没有什么两样。可地毯太窄了，才两尺见方的模样，光溜溜的地板就跟让人剥净光了似的在那儿泛出光亮，目不转睛注视着地板，只觉得人瑟缩成了一团。孩子仍在哭闹着。我一点儿也打不起工作的精神来。

就在这时，妻子来书房跟我借看一下时钟，并说了声

"又下雪了"。我一看,不知什么时候飘起了小雪,从不见半丝风儿的混沌的半空中,悄无声息地、不急不慢地、无情地飘落下来。

"我说,去年孩子生病,生了暖炉那会儿,花了多少炭钱?"

"那会儿,月底付掉了二十八日元。"

一听妻子的回话,我便只好打消了在房间里生个暖炉的念头。那暖炉就躺在屋后的储物间里。

"我说,你能不能让孩子安静点儿?"

妻子似乎面有难色,然后说:

"阿政说是肚子疼,好像很痛苦,得请林先生来看一下才是。"

阿政已躺了三四天,我是知道的,可没料想到会这么严重。我催促着提醒妻子:"自然是快去叫医生来的好!"妻子马上应了声"我这就去办"。就这么手里拿着时钟走了出去。回头拉上纸拉门时,又说了声:"这房间可真冷!"

手脚冻僵了,还是一点事儿都不想干。说实话,该干的事都堆成了山。得给自己连载着的作品写出下一期的稿子。

某位不认识的青年有两三部短篇小说要我读，搁在那儿，也是我得担待的义务。还跟某人说定了，得把他的作品附上我的信推荐给某杂志。书桌边上，堆满了这两三个月里本该读完可到头来却没能读完的书籍。刚思忖着该把这一周里的活儿给干了，书桌对面便准会有客人驾到，于是，人人都会带上些天晓得的问题来和我商谈。除此之外，还得加上我的胃痛。这么说来，今儿我还算是走运的。可不管怎么想，天又冻得人什么都懒得做，手压根儿就离不开火钵。

这时，有辆汽车停在了家门口。女佣跑来告诉我："长泽先生来了。"我辣缩在火钵旁没动窝儿，朝上翻了下眼珠子，望着走进屋来的长泽说："天太冷，挪不了身子。"长泽便从怀里掏出一封信来念给我听，说是这个月的十五日便是旧历正月，请务必行行好什么的。跟人要钱还是那德性，一点儿都没变。长泽走时都已经过十二点了，可天还是冷得叫人一筹莫展。还不如干脆洗个热水澡去，也好恢复恢复元气，我这么思忖着，拎起毛巾正待走出大门，刚好跟吉田撞了个满怀。"我可以进来吗？"吉田说。我把他让进客厅，听他谈论种种身世遭际，吉田簌簌泪下，哭了起来。转眼间，请的医生也到了,只觉得里屋又给搅得一片狼藉。吉田终于走了,孩子却又哭闹开了。我好容易才去洗了个热水澡。

洗过澡,身子骨这才开始暖和过来,浑身轻松地回到家里,进了书房。点起煤油灯,放下窗帘,火钵里新添的小块木炭烧得正旺,我在坐垫上舒心地坐了下来。于是,妻子询问着我:"天好冷吧?"从里间给我端来一碗荞麦面汤。我问她阿政的情况,她回我道,听医生说,好像是得了阑尾炎。我接过荞麦面汤,对她说:"要情况不见好转,还是送医院的好。"妻子说了声"那好吧",便回饭厅去了。

妻子走后,书房里陡然安静了下来,成了一个纯粹的雪夜。谢天谢地,啼哭的孩子看样子是睡着了。我啜着滚烫的荞麦面汤,在明亮的油灯下,谛听着新添的木炭发出的哔哔剥剥声,通红的炭火,在被围住的灰烬中恍恍惚惚地摇曳,炭烧裂开的口子那儿,不时会冒出淡蓝色的火焰。在这炭火的色泽中,我开始感觉到了一天的暖意。就这样,我凝视了足足有五分多钟,看着炭火的表面渐次变成白色的灰烬。

家庭公寓

一开始住的家庭公寓是在北边一块地势比较高些的高地上。一幢两层的红砖瓦楼，小巧、整洁，很中我的意，所以付的房租也比通常的要贵，一周两英镑。我租的是后边的一间。当时，主妇告诉我说，占据前面一间的那位K先生，此际正在苏格兰巡游，一时半刻是回不来的。

这主妇，长着凹陷的眼睛、抠洼的鼻子、尖利的下巴和脸颊，脸上的表情咄咄逼人，乍一看，是属于那种与一般女性判然有别，以致难以恰如其分弄清其年龄的女人。神经质、乖僻、固执、倔，再加上疑神疑鬼的，我琢磨，是因为所有的弱点都在拼命作弄着她那本该稳静的眉目，最终才造就出这样一张别扭的脸的吧？

主妇那头乌黑的头发和那对漆黑的眼珠，看上去跟北国显得很不协调，但说的英语，跟一般英国人说的却没有半点儿差池。我搬来住的那天，因为主妇在楼下招请我喝茶，下楼一看，她的家人都不在，只我跟主妇俩人，在朝北的那间小餐厅里相对而坐。我环视了下屋子，好像有点背阴，暗戳戳的，壁炉上栽着的水仙也显出几分凄寂。主妇又是请我喝茶又是请我吃烤面包，一边天南海北地跟我闲聊。这当儿，有那么一瞬间她说出了实情，原来她出生的故乡不是英国，而是法国。随后她转动起黑眼睛，回头顾盼了一眼身后插在玻璃瓶里的水仙，嘴里说道："英国不好，又阴又冷的。"她大概是想告诉我，就连花也一样，在这儿是长不漂亮的。

我在肚子里，暗自把这开得无精打采的水仙花，和那女人干瘪脸颊里流淌着的早已褪了色的血滴做着比较，一边想象着一个本该在遥远的法国做的温暖的梦。在主妇一头黑发和一双黑眼睛的深处留存着的，大概是早在若干年前便已消失了的、带有春天的气味，但也早已只剩下一具空壳的历史吧。"你说法国话吗？"我问她。正待说出"不"字的时候，她的舌尖一下子打住了，接踵而来的，是一串像是把两三个句子并在了一起说出的、光滑溜顺的、带南方口音的法语。这瘦儿吧唧的喉咙里，怎么会发出如此美妙的音调呢？真是出人意料。

那天傍晚，吃晚饭时，有个秃头白须的老人上了餐桌。主妇介绍说"这是我父亲"。我这才意识到，这家的家主是个上了年纪的老人。这位家主说起话来很奇妙，一听就明白肯定不是个英国人。怪不得呢，原来这父女俩是一起渡过海峡，在伦敦落下了脚的，我一下子恍然大悟了似的。可是，还没等我开口发问，那老人便自报家门道："我是德国人！"这跟推测有点儿出入，我只得说了声"是吗"。

我回到房间，正看着书，说也奇怪，心里却怎么也放不下楼下的那对父女。这老爷子，要跟形销骨立的女儿比照起来的话，压根儿就找不到一点相像的地方。脸盘儿鼓得就跟肿胀似的，矮胖的鼻子横卧在正中间，两只小眼睛都快顶到一块儿了。南非有个叫克卢盖尔的总统，老人跟他长得很相像。这不是那种可以清晰映入我的眼帘并给我带来愉悦的脸，再说他对女儿说话的口气也有欠和睦。因为牙不好，咀嚼时嘴里还老喜欢嘟囔，无意中就给人留下了说话粗鲁的印象。女儿对待起老爷子来，一脸凶相看上去也似乎越发变得凶神恶煞起来。这绝不是一对普通父女。——我这样琢磨着睡下。

第二天我下楼去吃早饭，除了昨晚这对父女外，又多了个家人。这个一块儿落座在餐桌前的新来乍到者，是个血色不错、看上去挺招人喜爱的四十来岁的男子。我在餐厅的门口跟他打照面时,方始有了一种自己这才像是栖居在一个有活力的人间世界中的感觉。主妇向我介绍道:"My brother(我的兄弟)。"① 果然不是她丈夫。可他俩的长相也太悬殊了,说是姐弟,那无论如何也无法接受的。

那天我是在外头吃的午饭,三点多钟回家后,刚进自己的房间没多会儿,主妇就来喊我去喝茶了。今儿又是个阴天。我推开幽暗的餐厅的门,只见主妇独自备好了茶具,正坐在暖炉边等着。炉子里烧的是煤炭,我觉得心情畅快了几分。主妇的脸让刚升起的火焰映着,看上去,有点儿像是发烧的脸上,还薄施着一层脂粉。在屋子的门口,我很感慨地醒悟到了那种给人以寂寞之感的化妆是怎么回事。主妇给了个眼神,像是已看透了我对她的印象似的,她跟我讲起她一家子的事,就是这个时候的事。

二十五年前,主妇的母亲嫁了个法国人,生了个女儿,结婚没几年丈夫就死了。母亲牵着女儿的手,又嫁了个德国人。那德国人就是昨晚的那个老人,如今在伦敦的西边开了

---

① 夏目漱石精通英文,行文中常夹有英语单词。本译本遵循了漱石本人的风格,保留了原文中的英语,并在括号中解释词义。

家成衣店铺,每天都得上那儿去。他跟前妻生的儿子也在那家店铺里做事儿,可父子俩闹得很僵,虽说是在一个家里过日子,却从来说不上一句话。儿子总是夜里很晚才回家,进门后脱下鞋,光穿双布袜,似乎不想让老爷子察觉似的,悄没声儿地穿过走廊,然后进自己的房间睡去了。"母亲很早就过世了,死时,把我的事千叮嘱万叮嘱,这才咽了气的,可母亲的财产全都落到了老爷子手里,我连一个子儿的支配权都没有。没办法,只好就这么靠出租房间挣点小钱过日子。阿葛内丝么——"

说到这,主妇便打住了话头。她提到的阿葛内丝,是这家里使唤着的一个十三四岁的女孩子的名字。这时我才留意到,今儿早上遇见的那儿子的脸,跟阿葛内丝之间好像有几分相像的地方,正琢磨着的当儿,阿葛内丝抱着烤面包从厨房出来了。

"阿葛内丝,你吃面包吗?"

阿葛内丝默不作声地接过一片面包,又退回厨房去了。

一个月后,我便离开了这家公寓。

过去的气味

在我搬离那家庭公寓前的两周，K君从苏格兰回来了。当时主妇把我向K君做了介绍。两个日本人，在位于伦敦高地住宅区的一幢小楼里碰巧相遇，并且还没来得及互报家门，仅仅凭借一个身份、习性、经历都不清楚的外国女人从旁引见，便跟对方点头致意，口称请多关照，一想起此事，至今仍觉好生奇妙。当时，这老姑娘穿的是一身黑衣服，她伸出没一点儿脂膏的瘦骨嶙峋的手，说，K先生，这位是N先生。还没等话音落下，她又把另一只手伸过来，说，N先生，这位是K先生。就这样公平对等地让双方互相拉了拉手。

老姑娘的郑重其事，像是在举行某种充满了非同寻常气氛的重要仪式的态度，令我大感吃惊。K君站在我面前，漂亮的双眼皮的眼梢上带着皱纹，一边流溢着微笑。此时，与其说我也在微笑，还不如说我心里有一种矛盾的寂寞之感，我伫立在那儿，一边思忖道，这感觉就跟去出席一场由幽灵作媒举行的婚礼差不了多少。我似乎觉得，凡经这半老徐娘幽黑身影的曳动，那地方便失去了活气，就好像一下变成了古迹似的。要是有人不慎触碰到了她的肉体，那触碰者的血除了立时变得阴冷，将无法再做别的想象。当女人的足音消逝在了门外时，我才半转过脸来。

等老姑娘离开后，我和K君便一下子亲近了起来。K君的房间铺着很漂亮的地毯，垂挂着洁白的丝绸窗帘，不光配有很气派的安乐椅和摇椅，并且还另带一个小卧室。最叫人欣喜的是，暖炉里点着的火从不间断，煤炭在那儿毫不在乎地闪烁出光亮并变为灰烬。

打那以后，我便在K君房间里跟K君一起喝茶了。白天，我俩常常一块儿上附近的饭馆儿，结账时也总是由K君替我付账。K君告诉过我，他好像是为筑港一事来考察的，想必是份赚大钱的差事。在房间里，他穿一身绛紫色缎子上绣有花鸟图案的dressing gown（室内睡衣），看上去显得很快活。而我却一仍其旧地穿着一身还是从日本带出来的和服，又穿脏了，简直惨不忍睹，K君说，"早穿过头了"，借钱让我去置身新的。

在那两周里，K君跟我谈到过好多话题。有一回K君说起，他打算过些时候组阁，就叫庆应内阁。听说只要组阁者是庆应年间出生的，就可称作庆应内阁，他说。他问我是哪年出生的，我回他说是庆应三年，他便笑道，那么你有做内阁成员的资格。我记得，K君确实出生于庆应二年或元年。要再差上一年，那我便将失去与K君联袂参与枢机的权利了。

在我俩谈论着诸如此类的有趣话题时，有时也会把话题转到跟楼下一家人相关的传闻上去。于是K君每次都会皱着眉摇起头来，说，要数那个叫阿葛内丝的小女孩最可怜了。

阿葛内丝每天早上就要给K君的房间送上煤炭，一到午后又会送茶、奶油和面包来，默不作声地送来后，又默不作声地放下，退出。什么时候看去，脸都是苍白着的，她只用那双湿润的大眼睛稍稍对你行个礼，就跟影子似的那么一闪，又跟影子似的下楼去了，从来不发出一点脚步声的。

有一回，我把自己住在这儿觉得不愉快、打算搬出去住的想法告诉了K君。K君很赞成我的想法，他说他要做考察，四处奔走惯了，倒没多大关系。可你呢，他提醒我道，得上更舒心些的地方，沉下心来用功才行。这时 K 君还告诉我，他也要上地中海那儿去，于是一个劲地打点起了行装。

我搬离公寓时，老姑娘执意要我打消主意，甚至还说到，房钱可以降价，K 君不在时，那房间也可以归你住，但我最终还是搬到南边去住了。与此同时，K 君也远行去了。

又过了两三个月，我突然接到了 K 君的一封信，信上说他旅行回来了，会在这儿暂时逗留，过来玩吧。我真想马上就过去，但因为种种事由，一直没能有上北边去玩的时间。一个星期后，幸好有事要上依斯灵敦去，回来时便顺便上 K 君那儿去弯了一下。

从楼上窗台的外面可以看到，窗玻璃上映着拉开了的洁白窗帘。我预想着温暖的取暖炉、绛紫色缎子上的刺绣、安乐椅、和 K 君兴高采烈的一席旅行谈，像是急不可待地准备一进门就直奔楼梯似的，咚咚叩击起门环。莫非因为门里面听不到脚步声的缘故，里边没人出来开门？我思忖道，正想再去抓门环时，门却自然而然地打开了。我一步跨过门槛，踏进屋去，于是便跟正在那儿抱歉似的盯着我看的阿葛内丝碰上了面,此时此刻,这三个来月的时间里,让我早已忘在了脑后的那股过去了的家庭公寓的味儿,在窄窄的走廊正中,有如一闪而过的雷电,击中了我的嗅觉。黑头发、黑眼睛、克卢盖尔般的脸、跟阿葛内丝长得毕肖的儿子,以及仿佛儿子影子般的阿葛内丝,所有在他们中间盘根错节着的秘密,都不约而同地一下子汇集在那过去了的气味里边。当我嗅着这味儿,像是在幽暗的地狱里清晰地辨认出了他们的情意、动作、言语和脸色似的。我再也受不了上楼去跟K君会面了。

猫之墓

搬到早稻田住下后，猫便一天天消瘦下来，完全没了跟小孩一块儿玩闹的心绪。一出太阳，便在廊檐下躺着，方方的下巴枕着齐簇簇并在一起的前脚，一动不动地瞅着庭院里的树丛，再也看不到它起身走动的身影。就是小孩在一旁闹翻了天，它也总是一副浑然不知的神情。小孩这边，也是破天荒头一遭不再把它当玩伴了，他们嘀咕，跟这猫儿压根儿就玩不起来，它跟老朋友都生分了。不光是小孩，家里的女仆也在奇怪，每天只须在厨房角落里搁上三顿猫食就行了，别的就无须再管，而那三顿猫食，差不多也都是让邻近的那只硕大的三毛猫给吃掉的，而这猫儿却连一点儿生气的表情都没有，也看不到它拉开干架的阵式，只是一动不动地躺着。可那睡姿，给人的感觉却并不怎么舒坦。它不是那种舒心悠闲躺在那儿晒太阳的样儿，倒像是拘束得动弹不得似的——这么说还不足以形容它的睡姿，那是超过了慵懒的某种度，不动弹显得寂寞，动弹则更显得寂寞，故而只好忍着，一直就这么忍着。那眼神虽然一直望着庭院里的树丛，但恐怕根本就没留意到树的叶子和树干的形状，发绿的黄眼珠只是呆呆地落在一个地方。在家里小孩的眼里，就跟没这猫似的，而猫儿自己也好像对自己生存在世不甚了了似的。

说是这么说，可有时遇到什么事，它也会出去走走，于是，随时便会遭到邻家三毛猫的追逐，因为怕三毛，它便会窜上廊檐，撞破闭着的纸隔扇，逃到地炉边上来。家里人也只有在这个时候才意识得到它的存在，而它大概也只有这个时候，才心满意足地意识到了自己生存在世这一事实。

就这么一而再、再而三地，猫儿长尾巴上的毛便渐渐掉落了去。一开始是好多地方稀稀拉拉的，就跟一个个陷下去的坑似的，到后来成片地掉，裸露出红红的肌肤，就这么无精打采地耷拉着，看上去便觉得可怜。它呢，则对万事疲倦已极，佝偻着体躯，不时舔舐着身上伤痛的部位。

"哎，这猫儿怎么回事啊？"我这么问道。"是啊，恐怕是老了吧。"妻子极其冷淡地回我说。我也便听之任之，把它搁在了一边。于是过了片刻，那猫儿便呕吐了起来，这一回吐了三下，喉咙那儿剧烈地起伏着，还抽噎着突然打了几个痛苦不堪的喷嚏,虽说它已痛苦不堪,可出于无奈,待我意识到它要呕吐打喷嚏时,便赶紧把它撵出了门去,要不,榻榻米和被子便会让它无情弄脏了的。那特意用来待客的黄褐条纹丝绸面的坐垫,八成就是让它给弄脏了的。

妻子没吭声。过了两三天,我问她:"给猫喝过宝丹药了吗?"妻子回答说:"给它喝过,不行,它不张嘴。"接着又解释说,"喂它鱼骨都吐了。"我有点儿刻薄地斥责道:"那就别喂它好啦!"然后又看起自己的书来。

这猫儿只要不呕吐,便依然老老实实地躺在那儿。近来,它总是身子缩成一团,好像唯有那庇护着自己的廊檐是值得信赖似的,成天深居简出地蹲在那儿。眼神儿也稍稍有了些变化。一开始好像遥远的东西映在了很近的视线里似的,悄然间变得很沉静,但接下来便有了奇异的变动,而眼睛的色泽也便渐渐阴沉下来。到太阳落山时,我感觉到那眼里仿佛有闪电一闪而过。但我并未加理会,妻子也似乎未曾留意,小孩自然早已忘记了猫的存在。

一天晚上,它趴在了小孩晚上盖的被褥边上,不一会儿,口中便发出了呜呜声,就跟从前哑巴着自己捕得的鱼儿时呜呜作鸣似的。此时,只有我觉得好生奇怪。小孩都睡得正香。妻子忙着手里的针线,无心顾及。过不了多久,那猫又呜呜了起来,妻子这才停下了手中的针线。我对妻子说:"这可怎么办?要是深更半夜的,把小孩的脑袋也一块儿给咬了,那还了得!"妻子说了声"那还不至于",便又缝起外褂袖子来。猫儿不时地呜呜着。

到了第二天,它便蹲在地炉边上,又呜呜了一天。沏茶熬药时,听它呜呜作鸣,心里觉得发怵,可一到晚上,我和妻子便都把它忘在了脑后。其实这猫儿就死在那个晚上。第二天一大早,家里的女仆去屋后堆杂物的小屋取柴火时,猫儿的身子早已变硬,倒在了一口旧炉灶上。

妻子特意跑去看了猫儿死时的情形,于是一反以往的冷淡,一下儿喧嚷了起来,吩咐常来我家的车夫买了方墓碑来,然后又让我给写点什么。我便在墓碑的正面写下"猫之墓"三个字,又在墓碑背面题了首俳句:

在此墓碑下

闪电倏忽起

驱散漫漫夜

车夫发问道:"就这么埋了?"女仆奚落说:"莫非还火葬不成?"

小孩一下子疼爱起猫儿来。他们在墓碑左右栽上两个玻璃瓶,瓶里插满了胡枝子花,将盛满了水的碗放在墓前,天天换花换水。第三天的傍晚,四岁的女儿爱子——此时我从书斋窗口那儿看到——独自一人来到了墓前,望着白木棒,望了好一会,这才掏出她的玩具勺,舀起供在猫墓前的茶碗里的水喝了下去。也不止这么一回。洒在胡枝子花上的水滴,就曾在寂静的暮色里,滋润过好多回爱子的小喉咙。

到了猫儿的忌日,妻子必定会在墓前供上一段鲑鱼和一大碗拌了鲣鱼的饭,从不忘记。只是近来,她多半是把供品放置在家中茶间的柜子上,不再送到庭院里去了。

温暖的梦

风撞在高耸的楼厦上,没像意想中那样笔直穿越而过,而是突然拐了个弯,就跟一道闪电似的,从我头顶掠过,斜斜地朝铺石路面刮了下来。我一边赶路,一边右手按住头上的圆顶礼帽。前边,有个等待客人光顾的车夫,正从车夫座上朝这边打量,我把手从帽子上移开,刚正了正身姿,那车夫便竖起一根手指,这是探问我"坐不坐车"的手势。我回他不坐车,车夫便攥紧右手的拳头,朝胸膛那儿狠狠击打起来,即便隔开两三间屋子,也能听到那拳头的咚咚声响。伦敦的车夫,便是这样给自己和自己的手取暖的。我回过头去,瞅了那车夫一眼。硬邦邦褪了色的帽子下,露出一头打了层霜的厚厚毛发,一袭像是用毛毯补缀而成的粗糙不堪的茶色外套,后背的右半爿披在了他的臂肘上,他正在那儿怒气冲冲地咚咚敲击着胸膛,差不多都要敲到肩膀了。看上去那完全是一种机械的活动。我便重新赶起我的路来。

路上行人都赶到我前头去了。就连女人也不甘居后,轻轻撮起后腰上的裙子急急前行,高跟鞋在铺石路上击打出很响的声音，让人担心那鞋跟都快要折断了。仔细一看，都是一脸万分紧迫的神情。男的望着正前方，女的目不斜视，聚精会神地笔直朝自己认准了的方向赶去。此时的他们，双唇紧抿，眉头深锁，鼻子高耸，满脸作深思状，脚呢，则一步步朝出事的地方移动着。那神色，看上去就好像受不了在大街上行走，受不了在室外逗留，只想尽快栖身在屋檐下，要不就觉得是人生的耻辱似的。

我慢慢地走着，不由地觉得，栖居在这个都市有点儿活受罪。我抬起头来，只见浩大的天空中，不知从哪个年头起，就跟分隔着的两道堤岸似的，一左一右高高耸立的楼栋那儿，曳出两道细长的带子，由东至西，遥跨天宇。带子的色泽，一清早是深灰色，渐渐便变成了茶褐色。楼栋本是灰色的，就像是对暖和的阳光已厌倦透了似的，便老实不客气地将两边堵了起来。就好比深窄山谷里，高远的太阳遍照不着的日影底下的一片广袤土地一样，楼栋的二楼上面叠着三楼，三楼上面又叠着四楼。渺小的人儿便成了这谷底中的一部分，黑乎乎，一身寒冽地来来往往着，而我，则是这黑乎乎蠕动着的众人中行迹最最缓慢的一分子。被围堵在山谷里找不到出口的风,仿佛要把这山谷连底兜起似的窜来窜去,黑乎乎的众人突然间朝四处星散而去,有如漏网之鱼,行迹迟钝的我最终也让这风刮得个七零八落,落荒而逃般地躲进了屋宇间。

顺着长长的回廊转了好几圈,登上两三级楼梯,便是一扇很大的弹簧门。我沉重的身躯刚挨着门,身子便顺势跌滑进一个硕大的顶层楼座里,连一点声响都没发出。眼前一片通明,炫人眼目,我回头看了一眼,那门不知什么时候已经阖上,但觉置身的地方温暖如春。我眨巴了一下眼睛,以便眼睛尽快适应眼前的光亮,然后朝两边看去,只见两边都是人,不过都很沉静,默不出声地待在那儿,脸上的肌肉荡然无存,看上去松弛不堪。就这么肩膀紧紧挤挨在一起,就是人再多,也丝毫不以为苦,大家彼此和颜悦色地相处着。我抬头张望,映入眼里的是穹庐状天花板上的浓艳彩色,鲜亮的金箔灿然闪烁,令人欢欣。我朝前看去,前边已到了尽头,横着道扶栏,扶栏外别无所见,唯有一个很大的洞穴。我挨近到扶栏边,稍稍伸出脖子朝那洞穴望去,只见幽深的底下,有人在填埋洞穴,身影渺小得就跟画里画着似的,而人数却是罕见的众多,几乎是人山人海。白、黑、黄、蓝、紫、赤,几乎所有的明艳色彩,都有如大海涌起的波纹,在幽深的洞穴底下,幽微但美丽地蠕动着,仿佛杂然并陈的五彩鳞片。

就在此时,蠕动着的众人突然从眼前消失,从宏大的天花板到幽深的谷底,一下子成了漆黑一团。就在刚才还挤挨在一起的好几千人,转眼间便被埋进了黑暗,谁都没有吭上一声,仿佛生命的存在都让这巨大的黑暗一无例外地夺了去,消声匿迹了似的。我刚这么遐想着,幽深的洞穴底里,那正面的一部分被剪成了一个方块,就跟从黑暗里浮现出来似的,不知什么时候,隐隐约约,微微亮堂了起来。一开始我还以为只是黑暗不够均匀所致,当那方块渐渐脱离了黑暗,能意识到确实有一层柔和的光亮在照着它时,我便从那仿佛雾气般的光线中辨认到了一种不透明的色彩。那是一种黄、紫、蓝糅杂为一体的色彩。不一会儿,里边的黄和紫便晃动了起来。我两眼一眨不眨地凝视着这晃动,视神经都紧张得累了。雾霭一下子从眼底下晴朗了起来。前方遥远处濒临大海,大海在明亮温暖的日光映照下闪烁着,身穿黄色上装的英俊男子及拖曳着紫色长袖的美丽女子,清晰地出现在青草之上。女子正坐在橄榄树下的大理石长椅上,男子则站在椅子的一旁俯视着女子。此时,随暖意盎然的风从南边吹拂而来,遥远处的大海波浪之上,便传来了一阵悠闲的乐声,细长细长的。

洞穴上下,人声再度嘈杂起来。他们并没有消失在黑暗里,而是在黑暗里做了个暖意融融的希腊梦。

印　象

　　一走出门外,一条宽敞的大街笔直地打门前穿过。我试着站在大街当中四处张望,映入眼帘的尽是些颜色相同的四层楼房,两旁和对面,也都是些相仿的结构,让人难以分辨,所以走出两三间屋子再往回走时,便会让我犯起迷糊来,这眼前的一家到底是哪家呀?真是条不可思议的大街。

　　昨晚我是让火车声裹挟着睡下的。敲过十点钟,便又有马蹄声和铃声传来,就跟在梦境里似的,在黑暗里疾驰而过。当此之时,星星点点的美丽灯影,足有好几百盏,在我眼帘上熙来攘往,别的,我什么也没看。我是这会儿才开始打量起这条大街来的。

　　我在这条不可思议的大街上驻足伫立了两三回,前后左右打量了一番后,往左走上一百来米,便来到了十字路口。因为路径还不难记,我便朝右拐去,这一下便来到了一条比刚才那条还要宽敞的大街上。大街上行驶着好多辆马车,载人马车都打着遮篷。这些马车既有涂成红色的,也有涂成黄色的，还有的涂成了绿色、茶色和藏青色，络绎不绝地驰向前方，把我甩在了身后。极目远眺，无从辨认那缤纷五彩的马车究竟绵延到了何方。回头看去，但见马车奔涌而来，有如五彩云霞。这马车载着人，从哪儿来，又往哪儿去呢？我则一无所知。正伫立着思忖之际，身后来了个身材高挑的人，就像是要撑上来压在我身上似的，摁住了我的肩膀。我想朝右边躲去，不想左右两边都有高个儿。摁住我肩膀的人，又让他身后赶来的人给摁住了肩膀。于是，大家都缄默不语，接着便身不由己地朝前迈动起脚步来。

此时我才意识到自己已让人海给吞没了。我不清楚这人海会延展到何方，它异常壮阔却又很平静。我只是无法脱身。朝右边瞅去，那儿给堵住了，朝左边看，那儿也堵着，回头望去，身后也都挤满了人，都在静静地朝前走去。就好像只有这么一个命运，此外谁也支配不了自己似的，好几万颗黑压压的脑袋，仿佛事先商定好了似的，迈着整齐的步伐，一步步地向前行进。

我一边走，一边在脑子里浮想着此刻途经的房屋。千篇一律的四层楼房，涂了千篇一律的颜色，这不可思议的大街，看来真是无远弗届。哪儿该怎么拐，到了哪儿又该怎么个折回？我觉得心里根本就没个底儿。就是半途折回，多半也找不到自己的家屋。那家屋幽微地伫立在昨晚的黑暗中。

我一边挺沮丧地思忖着，一边让身材高大的人群推拥着，无可奈何地在大街上拐了两三道弯，每拐上一道弯，我便会觉得，自己正在离昨晚那幽微的家屋远去，这条路和家屋的方向正好背道而驰。于是，在这望酸双眼都望不过来的人丛之中，我感到了一种非语言所能言说的孤独。随后便缓缓爬上一道山坡。这山坡大道上有五六个供人会合的广场。直到刚才还在朝着同一个方向涌动的人波，到了山坡下，便各各朝不同的方向挨近过去，聚集在一起，然后静静地绕起了圈来。

山坡底下巨大的石刻狮子，全身呈灰色，尾巴虽很细小，可脑袋却足有四斗木桶那么大，头上的鬃毛卷着很深的涡，并拢着前腿，就这么沉睡在波澜起伏的人群之中。一共是两头狮子，身下铺着石块，一根粗大的铜柱竖在狮子的正中间。我静静地伫立在涌动的人海之中，抬眼朝柱子的上方眺望。柱子笔直地高耸在目力所能及的尽头，柱子的上方即是浩茫的天空。柱子高耸在空中，像是要捅穿天穹似的。柱子的端头有个什么东西，却难以辨认。我再次让人潮推拥着离开了广场，沿右边一条大道，不知去向地一路下行。走了好一会儿，我回头张望，只见细如竹竿的铜柱顶上，孤单单站着个渺小的人儿①。

---

① 位于伦敦特拉法尔加广场的纳尔逊纪念塔上，建有英国海军将领霍雷肖·纳尔逊的铜像。1805年10月，纳尔逊率英国舰队在特拉法尔加角击败法国-西班牙联合舰队，纳尔逊于此役阵亡，但由于英国掌握了制海权，致使拿破仑在英国登陆的计划受挫。

人

阿作起了床，可是，是不是天色还早？怎么不见有梳妆师傅上门来？梳妆师傅不来了吗？她挺不安的。那梳妆师傅是昨儿晚上就着着实实去请定了的，因为别的梳妆师傅都不在，他答应说，明儿九点钟，一定腾出工夫上您家去，阿作这才好不容易放下心来睡下的。一看挂钟，差五分就是九点了，到底出什么事了？家里的女佣不忍心看到阿作那满心焦虑的样子，说了声"我看看去"，便出门去了。阿作欠身从纸拉窗前取出镜台，一边支架起来，一边定定地照着镜子，于是故意翕开双唇，上下两排齐整洁白的牙齿，便一览无余，清晰地显现在了镜子里，随后，挂钟在柱子上当当当敲了九下。阿作马上站起身来，打开中间的拉门，说："怎么回事？都九点多了，再不起来可就要来不及了。"阿作丈夫一听说已经九点了，立马从床上起了身，他跟阿作一打照面，便招呼了一声，轻轻松松站起了身子。

阿作马上上厨房去取了东西又回到房间，她把牙签、牙刷、肥皂和手巾，一股脑儿都卷了来，交到丈夫手上，说：

"快，快去！"又说，"回头把胡子剃一剃！"丈夫在平纹丝绸的和服棉袍外套了件浴衣，这才踏下门口脱鞋换鞋的石板。阿作一边说着"那，请等一下"，又奔到里边去了。这当儿，丈夫便用牙签剔起了牙齿。阿作从小橱柜的抽屉里取出一只装礼品用的印有礼签的小纸袋，往里边装上些银币，然后拿了出来。丈夫是个不怎么爱吭气的主儿，他默不作声地接过袋子，便跨出格子门去。阿作在丈夫背后又稍稍眺望了一会儿，她看到那手巾有一角耷拉在了裤袋的外边。稍后，她便又折回到房间里，在镜台前坐下，再一次打量起自己映照在里边的身姿来，然后半拉开柜子的抽屉，稍稍偏着个脑袋，过了片刻，从中取出两三件东西，放置在榻榻米上，琢磨着，但好不容易才从取出的东西中挑中了一件，其余的又都仔细地收了起来。接着又打开了第二个抽屉，又是好一番琢磨。就这样，又是琢磨，又是取出收起的，费去了阿作半个来钟点的样子，这中间，阿作还得始终放心不下似的去瞅一眼那挂钟。好不容易收掇齐了衣裳，把它们打进郁金木棉布的包裹里，搁在客厅的角落里，就在这当儿，梳妆师傅好像是要人吓一跳似的，大声嚷嚷着从厨房门口那儿走了进来，一边喘气一边赔不是道："实在对不起，我来迟了！"阿作便说："哎呀，您那么忙，真过意不去！"说着便取来长长的烟袋，让梳妆师傅吸烟。

因为自己出门时梳头的还没到，估摸梳妆还有段工夫要耽搁，丈夫泡了澡堂，剃了胡子，这才往家里走。在梳妆的当儿，阿作便跟梳妆师傅攀话道："今儿个我邀了阿美，准备带上她跟我丈夫一块儿上有乐座去逛逛。"梳妆师傅也便接口说"哎呀，哎呀，我也好想跟你们结伴一块儿去啊"什么的，一道说些多半是凑趣打岔的奉承话，说到末了，便道一声"请慢慢歇会儿吧"，说完便走了。

丈夫把郁金木棉的包袱布稍稍打开一下，瞅上一眼问道："就穿这个去？上回穿的那件，可要比这件般配你多了。"阿作便回他道："可那件，过年前上阿美那儿去时，已经穿过一回了！""是吗？那还是这件合适些。我还是穿那件棉外褂去吧，这天，看上去可有点儿冷哩。"丈夫这么一说，阿作便道："拉倒吧，也不怕丢人现眼！老盯着这件穿！"阿作不让拿这件碎白花纹的棉外褂。

一转眼的工夫阿作就打扮好了，一袭鹌鹑羽纹绉绸的和服外套,眼下正时行,再围上一条毛皮围巾,阿作便和丈夫一起出了门,一边走,一边像要拽住丈夫似的跟他说着话儿,来到十字路口,便看到派出所那儿站着好多的人,阿作便攥住丈夫斗篷的羽绒,一边往上揪,一边死命地朝人群里瞅。

人群当中,有个身穿和服短褂、衣背衣领上都印有商号标记的男子,一会儿坐下,一会儿站起,没完没了地,在那儿游手好闲着,就眼下这会儿工夫,便眼见着他跌倒在泥地里有那么好几次。本来就已褪没了颜色的和服短褂,湿漉漉皱巴巴的,闪烁着寒光。巡警问他:"你是干什么的?"他舌头硬得都打不了弯儿了,却还在那儿拿腔拿调逞威风道:"我,我是人!"这一来,大伙儿便都哄然大笑了起来。阿作也看了丈夫一眼,笑了。接着,那醉汉又硬说自己没醉,瞪着一双吓人的眼睛,一边扫视着四周,一边说:"有,有,有什么好奇怪的?我,我是个人,有什么好奇怪的?这样儿瞧着——"眼见着他的脑袋就要无力地耷拉下来了,却不料他又突然想起来了似的,大声说道:"我是个人——"

正在这当儿,又来了一个穿着衣领衣背上印有商号标记的短褂的男子，高个儿，黑脸，拉着一辆运货的大板车，也不知道他是从哪儿来。他拨开人群，小声对巡警说了些什么，过了会儿，便把脸转向那醉汉，喝叱道："快，我是来捎你小子回去的，还不给我快坐上车去！"醉汉做了个欢天喜地的表情，嘴里道了声谢，便一轳辘儿仰面躺在了大板车上，他瞅着明亮的天空，眨巴了两三下惺忪的醉眼，说："混账东西，这么瞧着我，我是人——！""嗯，你是人，是人就得老实点儿！"高个儿男子用草绳把那醉汉结结实实绑在了大板车上，然后，就跟拉着一头被宰的猪似的，嘎啦嘎啦地朝大街拉去。阿作依然一个劲儿地攥住斗篷的羽绒，透过新年挂在门口的稻草门饰，一直目送着往前边推去的大板车影离去，这才往阿美那儿赶去。因为又新添了一个可以和阿美谈论的话题，阿作是满心的喜欢。

山　鸡

　　五六个人聚在一起，正围着火钵说着话的时候，突然来了个小伙儿，既没听说过他的名字，也从没碰过面，完全是个陌生人，也没带份介绍信，就让人传话进来，说是要见我，我刚吩咐带他上客厅去，那小伙儿便拎着只山鸡，径直走进了我们这间聚满了人的屋子。待初次见面的寒暄话音一落下，他便当众取出那只山鸡道："这是我老家送来的。"并当场作为礼物馈赠给了我。

　　那天天气挺冷的，大伙儿便当即把那山鸡炖成羹汤后喝了。收掇山鸡时，那小伙儿就这么穿着和服裤裙上了厨房，亲手拔毛，切肉，噼噼啪啪地敲骨头。小伙儿长得瘦小，一张长圆的脸，一副看上去度数不低的眼镜，在他苍白的额头底下闪着光亮。尤其是他穿的那条和服裤裙，要比他的近视，比那一口浅黑的唇髭，远远来得引人注目。小仓布的质地，又是一种相当阔气的粗条纹，通常在学生身上是不大可能看得到的。他把两手放在这裤裙上，说："我是南方人。"

过了一星期，小伙儿又来了。这一回他带来了自己写的一部稿子。"稿子写得不怎么好——"我老实不客气对他讲了这个意思。小伙儿说"那我改改看"，便把稿子拿了回去。稿子拿回去后隔了一个星期，他又怀里揣着稿子上门来了。就这样，他每次上我这儿来，没有一次不是拿着他写的作品的，有一回甚至还是写成了三册的大部头，但那是写得最不成功的。曾经有过那么一两回，我从他一手炮制的作品里，挑出在我看来要算是写得最好的，给杂志做了推荐，但也只是承蒙编辑开恩，才得以在杂志上露了下脸，似乎连一个子儿的稿费也没拿到过。我风闻他生活的艰难，便是在这段日子里。他告诉我："往后，我打算鬻文糊口。"

有一回，他给我捎来了一件很奇妙的东西。那是把菊花焙干了，弄成一瓣儿一瓣儿，像薄薄的海苔一样，却又很坚硬，告诉我："可作素斋菜肴中的小沙丁鱼干。"当时正好在场的某氏便告诉我，稍稍浸一下，用沸水焯一焯，便可下箸就酒。后来，还给我捎来过一枝绢花铃兰，告诉我是他妹妹手制的，用作花蕊的铜丝，是在指叉间一圈圈绕成的。我这时才知道，他是和妹妹一起操持着这个家的。听说兄妹俩租了间屋子，就在柴火店的楼上，妹妹在学刺绣，每天上教刺绣的地方去。这之后，他上我这儿来时，便带来了一袭西服领饰，青灰色的扣儿上绣着白蝴蝶，用报纸裹着。"这，您戴吧。"说完，他便放下领饰走了。安野说"送给我吧"，便把那领饰拿回家去了。

这之后他还常常来。每次来，总会聊上好多话，他老家的风景啦，习惯传说啦，古老的祭祀仪式啦什么的。还说到他父亲是个汉学家，对篆刻很有造诣；祖母是过去在大名的宅邸里作仆侍的；他自己则是猴年出生。见我跟猿猴格外投缘，他便时常捎些跟猿猴有关的东西来，这里边就有一幅华山①画的长臂猿，他说下一回捎来请您过目。打那以后，小伙儿便再也没上我这儿来过。

于是，春去夏来，就在不知不觉中，我已把这小伙儿的事差不多淡忘在了脑后的某一天——那天是个暑热难当的天气，我待在太阳晒不大到的客厅里，只穿一件单衣，一直在那儿看书——他突然来了。

---

① 渡边华山（1793—1841），横山华山（？—1837），均为日本江户末期画家。此处指哪个华山则语焉不详。

还是那老样儿，依然穿着他一直穿的那条和服裤裙，一边掏手帕仔细地擦拭着苍白额头上泅出来的汗，看上去像是稍稍消瘦了些。"真不好意思开口，请借我二十日元，"他说，"说实话，是有个朋友得了急病，要要紧紧地进了医院，可眼下让钱给困住了，虽四处奔走，但无济于事，我这是不得已才上您这儿来的。"他解释道。

我放下手中的书，注视着小伙儿的脸。就跟往常一样，他两手齐齐整整地放在膝盖上，就这么轻轻地说着："请您……"我刚反问了一句："你朋友家里真穷困到了那地步？"他便马上回答道："不，那倒也不是。只是家离得远，一下子应不了急，这才求您帮忙的。过上两星期，他家里的钱就能寄到了，到时候马上就还您。"我答应设法筹措这笔钱。此时，他便从包袱中取出一幅挂轴来，说："这就是前些日子跟您说起过的华山的那幅画轴。"说着，抻开半截纸裱装的画轴，让我看。这画到底是好是坏，我也吃不大准，推敲起印谱来，迹近于渡边华山或横山华山这样的落款，却是一概没有。我听小伙儿说"这就搁您这儿，我走了"，便回绝说"那可不必"，可他不听，放下画轴就走了。第二天，他又上我这儿来取了钱去。这之后便再度杳无音信。约定好了的两星期到了,却连半个人影都见不着。我思忖道,说不定这回是上当了。画有猿猴的画轴就这么一直挂在了墙上,秋天来了。

穿上夹衣,觉得身子绷得紧紧的当儿,长冢像往常一样跑来对我说:"想跟你借点儿钱。"我对这种一而再、再而三借个没完的事都已厌烦了,不意间却想起了那小伙儿的事,我便对长冢说:"倒是有这么一笔钱。你要有心的话,就去取,取到了就算是我借你的好了。"长冢搔着头皮,稍稍踌躇逡巡了一下,终于下了决心似的回我说:"我去吧。"于是,我便写了封信,关照对方将前些日子的那笔钱交与此人,同时附上那幅长臂猿的画轴,让长冢一并替我捎去。

第二天,长冢又坐车上我家来了,一进门,便从怀里掏出一封信来,我接过一看,就是我昨天写的那封信,还没启封。我问他:"你没去吗?"长冢额头上蹙起个"八"字道:"我去过了,可压根儿就是白搭。那人真是凄惨,住得呢又是个脏,妻子呢是做刺绣的,他自己呢又得了病。——我实在不忍心再提那钱的事,便宽慰他,让他千万别担心,告诉他我只是来还他挂轴的。""啊呀,啊呀,原来是这样?"我多少有点吃惊。

过了一天,从小伙儿那儿送来了一封字迹端正的信,信中说:"我对您撒了谎,真对不起;画轴已收到了。"我把这封字迹工整的信跟别的书信叠在一块儿,放进一只没有盖子的临时用来放东西的箱子里了。这之后,便好像又把这小伙儿的事给淡忘了似的。

转眼间就是冬天。就跟年年如此似的,忙碌的新年到了。刚趁没客人上门的空隙,做着自己的事的当儿,家里的女佣便拿来了一个油纸包着的小包裹。只听得骨碌一声,是个圆圆的东西。邮寄人的姓名忘了写上了,估计是不久前的那小伙儿。解开油纸,剥去报纸,里边一下儿出现了一只山鸡。附着一封信。信上说,后来因为又遇到了诸多的情况,一直到现在才能回老家。承您开恩借我的钱,我准备三月上京的时候一定还您。信是蘸着山鸡的血写就的,凝固后,不容易剥落。

那天又是个星期四,晚上,一帮年轻人来聚会。我和五六个人一起,围着一张大餐桌,又一次喝到了山鸡烹调的羹汤。于是,我们一起替那位脸色苍白、穿一条阔气的小仓布和服裤裙的小伙儿祈求,祝愿他成功。等这五六人走后,我便给那小伙儿写了份谢帖,谢帖上还加了一句,叫他对去年的那笔钱不必介意。

蒙娜丽莎

一到星期天，井深便会两手揣在围巾里，上那边的旧货店里去瞅瞅。在那里边，他会拣那些看上去污糟不堪、尽是摆着些前代废弃物的铺子，挨个儿摆弄一番。他本来就不是精通此道的人，东西是好是坏也看不出个名堂来，只是就那些开价便宜、看上去又觉得好玩的，时不时地买上一些，捎回家去。他在这么淘着旧货的当儿，会暗自思忖道，淘上一年的便宜货，这里边说不定也会让我撞上一次大运的吧？

一个来月前，井深花了十五个铜板，买了个铁壶盖子作镇纸。这个星期天又花二十五个铜板，买了个铁制的刀剑护手，仍用来作镇纸。今儿个他瞅准了的，是个稍稍大些的物件。他希望得到一件书斋里的装饰物，就跟挂轴啦画框啦什么似的，是那种让人一眼就能照见的抢眼的东西。他挨个儿瞅过去，只见一张彩印的西洋仕女画，正蓬头垢面地横着戳在那儿。磨出一道道槽儿的辘轳上，放置着叫不上名儿来的花瓶，花瓶里插着的那支金色的尺八模样儿的笛子，在搅扰着整幅画面。

西洋画跟这旧货店整个儿显得格格不入，只是那色彩超越了现代，幽暗地埋藏在往昔的空气之中，跟这旧货店十分般配，呈现出一种相得益彰的格调。井深判定这画一定卖不贵，一打听，说是要一日元，便稍稍扭了下脖子。可玻璃还完好无损，画框也还结实，他便跟那老爷子砍价，降价为八十个铜板。

井深抱着这幅半身画像回到家里时，已是一个寒冷日子的傍晚。他走进微暗的房间，急急剥去画框外的包装纸，把它挂在了墙上，然后一动不动地在那画框前坐了下来。就在这当儿，他妻子拿着洋灯走了进来，井深便让妻子在一旁用灯照着，自己则又把这幅八十铜板的画重新细看了一遍。在总体滞重发黑的格调中，唯有那张脸看上去有点泛黄，这多半是时代久远了的缘故吧。井深就这么坐着，回头顾盼了一眼妻子，问她道："这画怎么样？"妻子拿灯照画的那只手稍稍往上抬高了些，默不作声地把那张泛了黄的女子的脸端详了好一会儿，这才说道："这脸，让人看了心里有点儿发瘆。"井深只笑了笑回她说："这可是八十个铜板买来的。"

吃过晚饭后，他做了个踏脚凳，在横隔子那儿敲上了钉子，便把买来的那幅画挂在了头顶上。这时，妻子觉得心里不对劲儿，因为看容貌，根本就闹不清那画上的女子到底是个干吗的，于是一个劲儿地劝阻井深道："那画，还是别挂那儿的好。"井深便说："什么呀？那是你心理作用！"没有理会她。

妻子去了起居间。井深便坐到书桌前，做起他的研究来。才过了十分钟，突然间便抬起头来，想看看那幅画。他刚搁下笔，转动起眼珠，金色女郎便在画框里浅浅笑着。井深目不转睛，凝视着她的嘴角。那整个儿就是画家对光线的一种设置和把握。薄薄的嘴唇，到了两个嘴角便稍稍翘起。翘棱处出现了一个一寸左右的凹洼。看上去，既像是紧抿的嘴正处在将翕未翕之际，又像是原先张开着，此刻刚好特意闭上。何以会出现这样模棱两可的效果的呢？井深不得其解。井深心里有了一种奇异的感觉，他再次俯身在了书桌上。

说是研究，可那多半只是一种抄录，并不需要倾注太多的注意力，所以过了片刻，井深便又抬头瞅起那幅画来。果不其然，那嘴角里隐藏着什么奥秘，但又非常平静，那裹在细长单眼皮儿里边的文静目光，落在了书房的榻榻米上。井深重新把身子转向了书桌。

这天晚上，井深将这幅画端详了好多遍之后，这才开始意识到，妻子好像品评得没错。可一到第二天，井深又觉得不是那么回事儿，他便带着这样的神情上机关办公去了。下午四点钟左右回到家里，只见昨晚的那幅画仰面躺在了书桌上。听妻子说，是刚过正午那会儿，突然从横隔子上掉落下来的。难怪呢，玻璃都摔得个粉碎。井深翻转画框查看背面，昨儿晚上系带子的那个扣环，不知何故脱落了。井深顺手打开了画框的后盖，于是，跟画背贴着背，露出一张折叠得方方正正的西洋纸来。揭开一看，上面写着些很奇怪的话，那是以一种阴郁的心情写下的：

蒙娜丽莎之唇中存有女性之谜。自古以来，唯达·芬奇一人能状画此谜。无人能解此谜者。

翌日，井深上机关办公时，便问起："蒙娜丽莎是个什么人物？"大家都听到了，可谁也闹不清楚。"那么，达·芬奇又是谁？"他又询问道。还是没人知道。井深只得听从妻子的规劝，将这幅不吉利的画，五个铜板卖给了收破烂的。

火　灾

　　气都喘不过来了，我止住了脚步，刚仰起脸，火星沫子便从头顶上窜了过去。撒着寒霜的天空，澄澈洁净，在那天空深处，无数火星沫子纷然飞来，又猝然消失。我刚这么意识着，马上便有一大片明艳的东西，从我身后刮了过来，撺了上来，闪闪烁烁，炽烈灼人，然后又突然间消逝而去。朝它飞去的方向望去，就跟聚集成一堆的巨大喷水柱似的，汇成一股的火星沫子，将寒意料峭的天空映染了个遍。隔开两三间屋子的前边是家寺院，长长石阶的半途中，粗大的冷杉在夜色里伸展开静寂的枝干，高高耸立在斜坡上，那火，便是从那后边烧起来的。所有的地方都染红了，却好像是存了心似的，留下了幽黑的树干和寂然不动的枝叶。火源肯定就出在这道高高的斜坡上。再往前赶上一百来米，爬上左边的山坡，便可抵达火灾的现场了。

　　我又急匆匆地赶起路来。从身后赶来的人都撺到前边去了，这中间也有人在跟我擦肩而过时，大声地说着话的。幽暗的路面自然激活着人的神经。来到山坡下，正待往上撺之际，胸部就像是让人撞了下似的，一下子抽紧了。如此陡峭的山坡上，挤满了人的脑袋，从上到下，拼命地挤挨着。火焰，在山坡上空无情地飞扬而起。看样子，要是让这股人涡裹卷而去，被挤压到山坡的上端，那没准儿，一转眼的工夫就会被烤焦了的。

又往前撵了五十来米，左拐处，同样是个山坡。我重新思忖了一下，要上坡的话，还是从这儿上从容些，也安全些，我不喜欢人碰人地挤成一团，这样正好可以避开。好不容易赶到拐角处，只听得前面一下子响起了急促的铃声，是蒸汽机抽水泵驾到了。一叠声地吆喝着"不躲开，统统压死"，一边全速朝人丛中奔来，伴随着响亮的马蹄声，马鼻一下扭向了山坡。口喷唾沫的马用嘴拱着自己的喉咙，尖锐的耳朵朝前竖起，对齐了前足，冷不防地窜了出去。当此之际，马从一个穿着和服短褂的男子的手提灯笼上飞掠而过，那栗色的胴体，如同天鹅绒般光洁鲜亮。眼看涂成红色的巨大车轮就会碾上我的脚，千钧一发之际，我刚背过身去，抽水泵车便笔直地朝山坡冲了上去。

当我来到半山腰的时候，这之前，原来出现在正对面的火焰，这会儿却很奇怪地转到身后去了。我只得在山坡再往左拐，往回赶去。我看到了一个小巷，像是一条窄街，我让人推搡着走了进去，周围一片漆黑，人拥挤得水泄不通，于是便互相拼命地喊叫起来。火，在前边正烧得通亮。

十分钟之后，我好不容易穿出小巷，来到了大道上。这大道不过也就跟组屋①差不多宽窄，却已挤满了人。我一出巷子，便发现先前骤驰而去的蒸汽抽水泵，此刻就在眼前，一动不动的。这抽水泵一路让马拽行，却在这儿让前边隔开两三间门面处的一道拐角给卡住了，一筹莫展，眼睁睁地看着火焰。火焰就在鼻子跟前熊熊燃烧。

在一旁让人挤攘着的人一个个大声喊道："在哪儿？哪儿啊？"被问的人则回答说："那儿！就在那儿！"可问者和答者都无法向起火处靠近去。火焰得了势，像是要搅翻寂静夜空似的，可怕地往上蹿升……

第二天晌午过后，我出外散步，受好奇心驱使，想顺路上昨晚起火的地方去看看，便像往常一样攀上山坡，穿过

---

① 日本江户时代，一些气性相投的政府小官员结邻而居的宅屋，鳞次栉比，排成一长溜，但房屋的进深都很窄。

昨晚的那条小巷，来到蒸汽抽水泵给卡住了的组屋那儿，又打隔开两三间门面前边拐角处那儿拐了个弯，然后一路溜达过去，只见一溜儿的家屋鳞次栉比着，静悄悄的听不到一点儿声息，活像是在那儿猫冬似的。四周压根儿就找不到一点火灾的痕迹。我记得火焰升腾就是这一带，可这儿尽是修剪整洁的杉树篱，绵亘不尽，其中的一家人家还传来了轻微的琴声。

雾

昨晚夜半，我在枕上听到了噼里啪啦的声响。这全是不远处一个名叫克拉潘·庄克逊的大车站的光。这庄克逊，一天里会招来数以千计的火车。如果仔细核计一下的话，敢情差不多每分钟都会有一列火车开进或驶离这个车站。在雾气深沉的时候，当一列列火车带着各自的使命，正待驶进车站，它们便会先递上个讯儿，发出一阵爆竹般的声响，因为天色实在太暗了，信号灯无论打的是蓝光还是红光，都一概不起作用。

我下了床，卷起北窗的遮帘朝外俯视，外面茫然一片。楼下，从底下的草坪到三面围砌着的砖墙的一人多高处，什么都看不见，充塞其间的空虚，则静寂地凝住在了那儿。邻家的庭院也同样如此。那庭院的草坪很美，一到春暖季节，长着一脸白胡须的老爷子便会到庭院里来晒晒太阳，当此之时，那老爷子总会右手擦着一只鹦鹉，然后眼睛凑近去，凑到差不多就会让鹦鹉嘴啄上一口那么近，他把鹦鹉带到鸟儿那边去，鹦鹉便扑扇起翅膀，一个劲儿地鸣叫起来。老爷子不出来的时候，他女儿便会曳着长裙，开着割草机，一刻不停地修剪起草坪来。储满此类记忆的庭院，此时全掩埋在了雾气深处，与我租住的这家公寓荒芜不堪的庭院浑然不分地连接成了一体。

屋后门的对面，隔开一道巷子，高耸着一座哥特式尖拱教堂的钟塔，刺向灰色天空的塔尖随时都会响起钟声，尤以星期天为甚。此时，锐利的塔尖自不待言，就连由块石错杂垒起的塔身也都已无从辨认方位。猜测中该是那个，可心下又稍觉迟疑。钟声寂然不作，被闭锁在了不辨钟形的浓重阴影的深处。

我来到门外，眼前只辨认得清两间门面的地方，待我走出这两间门面，眼前便又出现了刚够辨认的两间门面，感觉中，就仿佛整个世界蜷缩成了两间门面见方的天地，你越朝前走，两间门面见方的新天地便越发呈露在你眼前，与之相应，穿越至今的那个过去的世界，则听凭时间的穿越，消逝而去。

来到十字路口，等候巴士的到来，一匹马从深灰色的空气中挣出，脑袋一下子蹭到了眼前，虽则如此，坐在双层巴士上面一层的人却依然罩在雾里。我顶着雾上了巴士，朝下一瞅，马脑袋已是一片依稀朦胧。巴士跟巴士途中相遇，想来只有擦肩而过的那一刻才看得真切，就在我都还没来得及这么思忖的当儿，有件带色的物体便已消失在了浑沌的虚空之中。茫然不着边际地，被裹挟在透明的无色中一路行去。车过威斯敏斯特桥时，有白色物体翻着滚儿，几次三番打眼前掠过，我凝眸注视起它的行踪，是海鸥飞翔在封闭住了的大气里，若隐若现，恍若梦中。正当此时，大本钟在头顶的上方庄重地敲响了十点，抬头仰视，唯闻钟声在空中传荡。

在维多利亚办完事后，从泰特美术馆边上，顺着河沿来到帕他锡，这之前呈现为深灰色的世界，四周突然间黑了下来。就像溶化的泥炭在我四周黏稠地流动似的，那染成黑色的浓雾，直冲我的眼睛、嘴和鼻子逼近过来。外套湿叽叽的，就像让人给摁住了似的。鼻子里吸进的尽是轻微的葛汤粉，我屏住了气息。脚下自不待言，就跟一脚踩进了地窖底似的。

在这郁闷的茶褐色中，我茫然伫立了好久。我感觉到了似乎有众多的人正在打我身边经过，但除非肩膀相互有过触碰，否则果真是否有人经过便大可置疑。此时此际，在这茫茫大海之中，有个豆大的黄点儿朦朦胧胧地流过，我朝黄点儿才走近去四步的样子，便来到了一家商店玻璃窗的跟前，店里点着瓦斯灯，店堂正中显得比较明亮，人们像平常一样在挥舞着手足。我的心这才安顿了下来。

穿过帕他锡，不用伸手摸索便上了前面的小山丘。山丘上尽是些不经商的市民的普通住宅，那儿平行着好几条一模一样的小巷，就是在晴日蓝天下也极易混淆。我提醒自己，在前面左边的第二条巷子处拐弯，然后提醒自己笔直走上二百来米的样子，再往后我便茫然失去了方向。我在黑地里一个人伫立着，歪着个脑袋。刚留意到右边有脚步声在移近过来，那声音便在离这儿四五间门面处停了下来，随后又渐渐退远了去，直至最终完全消失，接下来便是一片沉寂。我在黑地里，又独自伫立着，琢磨起怎么才能回到公寓的问题来。

挂　轴

　　长刀老人下了决心，一定要赶在亡妻三周年忌日之前，替她立上一方石碑。可万事端赖势单力薄的家中儿子，好歹才对付着眼下的日子，除此之外磕难攒得起一个钱来，而春天却又到了。"三月十八日是她忌辰，可……"老人脸上似有几分不满，对家中儿子说道。儿子只是回了声："是啊，那倒是的，可是……"长刀老人终于拿定了主意，打算卖掉祖上传下来的一幅一直珍藏着的挂轴来筹措这笔钱。他问儿子："这主意如何？"儿子有点发愁，却也无可奈何，便答应说："那也行。"儿子在内务省里的社寺局做事，每月拿四十日元薪水，除跟儿媳生养着一对儿子外，还得在长刀老人身上尽一份赡养的孝心，所以得不辞辛劳才行。要不是老人还在，这幅珍藏的挂轴早该利索地拿去换钱贴补家用了。

　　因了时代久远的缘故，这挂轴一尺见方的画绢已成了烟熏的颜色。挂在幽暗的客厅里，暗淡一片，根本就看不清画了些什么。老人称说那是王若水①画的葵,并且一个月里总要从橱柜里取出一两次,拂去桐木箱上的积尘,这才小心翼翼地拿出里边的东西,直接挂上三尺高的墙壁,然后端详起来。果不其然,这一端详,烟熏漆黑的颜色里便呈现出大块陈年淤血般的纹样来,隐隐约约间,还残留着让人疑心是青绿剥落后留下的痕迹。面对这幅眉目模糊的中国画古迹,老人淡忘了自己正置身在一个已住得太久、差不多就要生出一番活过头了的感慨的世界里。他时常一边凝视着挂轴,一边吸着烟,也有时喝着茶。要不,就只是在那儿凝视着。"爷爷,这是什么呀?"眼看着小孙子的手指就要触碰到画轴,老人这才像是刚留意到了年月似的,一边说着"碰不得",一边静静地站起身,收卷起挂轴。于是,小孙子又跟爷爷要弹丸糖。"唔,弹丸糖买来了,可不能再淘气!"老人一边这么说着,一边把挂轴卷得齐齐整整的,装进桐木箱,关上了橱柜,这才上那边散步去了。回来的路上,他迈进城里一家糖果店,买了两包薄荷味的弹丸糖。"给,弹丸糖。"他把糖

---

① 指王渊(生卒年不详),中国元代画家,尤擅花鸟竹石,被人称为绝艺。

给了孙子。儿子结婚得迟，孙子一个六岁，一个四岁。

跟儿子商谈过后的第二天，老人给桐木箱打了个包袱，一大清早便出了门。到了下午四点钟，他又提着桐木箱回来了。小孙子跑到大门口去跟爷爷要弹丸糖，老人没吭声儿，他来到客厅，从箱子里取出挂轴，挂在墙上，朦朦胧胧地端详开了。他揣着这画上了四五家的旧货店，一圈兜过来，不是嫌没个落款，就是说画都褪了色，似乎不曾对挂轴流露过半点老人所期盼的那么一种尊敬。

儿子说，你就别上旧货店了。老人也说，旧货店靠不住。过了两星期，老人又捧上桐木箱出了门，这回是经人介绍后，拿去让儿子上头一个科长的朋友过目的。这一回他也没能买回弹丸糖来。儿子一踏进家门，老人便诉说了开来："这么个没鉴赏力的男子，我怎么好把挂轴让给他？他手里捏着的，全是些赝品！"那说话的神情，就好像是在数落儿子不守道义似的。儿子苦笑着。

到了二月上旬，一个挺不错的机缘偶然间出现了，老人这幅挂轴在一个喜好风雅的人那儿脱了手。老人一径去了一处山谷，在那儿替亡妻定做了一块很气派的石碑，又把剩余下的钱存了份邮政储蓄。这之后过了五天左右，跟往常一样，老人出门散步去了，回家却比往常迟了两个小时。回家时手里抱了两大袋的弹丸糖。老人一心牵挂着已出了手的挂轴，便跑去求人让自己再看上一眼，只见那挂轴静静地张挂在四榻榻米半的客厅里，画跟前插着了株晶莹剔透的腊梅，跟鲜活的一模一样。老人说，人家请我在那儿喝了杯茶。老人对儿子说，那画说不定比我攥在自个手里还放心些。儿子便应声道，说不定还真是这么回事哩。整整三天里，小孙子一个劲儿地吃着弹丸糖。

纪元节

朝南的教室，足有三十个孩子，背脊晒在明晃晃的阳光下，黑脑袋齐簇簇揍拢在一起，正瞅着黑板的当儿，老师从走廊里走了进来。是个男老师，个儿不高，大眼睛，很瘦，下巴到脖颈长着一片邋遢的胡须，再说，和服领子蹭在那毛毛糙糙的下巴上，看上去就跟沾了层薄薄的黑垢似的。这和服，加上这懒得剃刮四处蔓延的胡须，再加上从不见他对人有过恶声恶气的时候，所以谁都没把这老师放在眼里。

不一会儿，老师拿起白炭，在黑板上写下了"记元节"这几个大字。孩子们的黑脑袋就像是让人给摁在了课桌上似的，开始写起了作文。老师伸长不高的脊梁，把大伙儿扫视了一遍，这才出了教室，顺着走廊跑掉了。

于是，坐在后边第三排课桌当中的孩子，便离开自己的座位，来到老师的讲台边，拿起老师用过的白炭，冲黑板上写着的"记元节"中的"记"字画了道杠，又在旁边重新写了个粗体的"纪"字。别的孩子甚至都来不及发笑，就那么吃惊地瞅着。先前的那个孩子回到座位上，过了好一会，老师才回到教室来。于是，他留意到了黑板。

"好像谁把'记'字改成了'纪'字，不过写成'记'也没关系。"说完，他又扫视了大伙儿一遍。大伙儿全都默然不作一声。

那个把"记"字改为"纪"字的孩子，就是我。即便到了明治四十二年①的今天，当我一想起此事，心绪依然不期然地变得恶劣起来，并且不由自主地思忖道，要是此事不是出在邋遢的福田老师身上，而是出在人见人怕的校长身上，那该多好。

---

① 即1909年。

生意经

"那边是栗子的出产地,哎呀,行情差不多是四升兑一两①的样子,要拿到这边来的话,那一升就可以卖到一日元五十钱②哩!我呢,人正好在那边时,就已从滨这地方拿到了足足一千八百大包的订单,卖好了,一升就是两日元多,所以得赶紧筹措才行,凑齐一千八百包后,我要把自己跟栗子一块儿提溜上,上滨那地方去——什么呀,对方是中国人,货自然往自己国家送啦。于是就有人说了,中国人一来事儿就好办了,所以我这事儿已是十拿九稳。我刚这么琢磨着,便有人拿来一只差不多有一间屋那么高的大木桶,放在仓库门前,让人往桶里灌水——不,干什么用的,我也浑然不知,反正就是这么个大木桶,让灌满水,可不是轻而易举的事,忙忙碌碌了老半天,刚琢磨着接下去该干些什么,一看,栗子呢,跟平常没什么两样,包却给拆开了,正哗哗哗地往桶里倒着哪!——我委实吃了一惊。要是漏出风声,说

---

① 日本江户时代的通货单位,大约相当于明治时代的一日元。
② 旧日本货币单位,100钱等于1日元。

'这玩意儿实在吃不得'，那中国人随后就会发觉的。栗子倒进水里，好栗子一般往下沉，只有让虫蛀过的才浮在水面上。要让鬼精明的中国人给舀了出来，那可不行，一包包的岂不是要在分量上大打折扣？我可受不了！我在一旁瞅着，一个劲儿地担心。遭虫蛀过的栗子占了七成，真让我困窘。这可是一大笔赔本的买卖——让虫蛀过？那就招忌啦，送谁都不会要的。好在买主是中国人，你装作不知道有这么回事，打上包，差不多就能往他们自个儿的国家送。

"这之后，我还进过一批甘薯，一包四日元，跟人签了份两千包的契约，送货说好是月半，十四日到二十五日这一段，可随你怎么个奔波，也凑不足这两千包的数啊，再怎么着也办不了，看来只好暂且把这笔生意给回绝了。说实话，真是遗憾哪！这一来，商馆的老板发话了：'哎呀，契约书上是写了二十五日，可不见得非得死扣这个日期不可。'经他翻来覆去的一劝，我呀，终于上了那份心。哎呀，这甘薯不是运到中国去的，是美国。果不其然，就是在美国好像也不乏吃甘薯的家伙，这事还真是神了。于是，我就一个劲儿地赶着收购，从埼玉到川越，这之前的两千包还只是挂在嘴上说说的，真要囤积起来的话，那可就是不得了啦，但好歹二十八日过后，我终于囤齐了跟人说好的包数，可货一到他那儿——世上还真有这样狡猾的东西，说是契约里有这么一条，逾期严重者，得支付赔偿金八千日元，可他动用了这一条款后，却死不支付货款，甚至四千日元定金也一并拿了去。这般那般交涉的过程中，甘薯就在他那儿堆积在船里，一筹莫展的，太让人气愤难忍了！我花了一千日元保证金，办了个现货扣发申请，这才总算把芋头扣留了下来。可道高一尺魔高一丈，他那儿付了八千日元的保证金，然后来个死人不管账，把船打发掉了事。这一来，终于闹到了对簿公堂，可不管怎么说，条款都已写在了契约书里，也就拿他没办法。我都当着法官的面哭了。只是要回了芋头，官司却打输了。世界上还从来没有过这般愚蠢的事。你倒是稍稍设身处地替我想想看。那法官心底里好像多半也是同情我的，可法律根本不顶事儿，我最终输掉了官司。"

行　列

　　不经意间,从书桌上抬起眼来,朝门口张望了一眼,书斋的门不知何时半开着,宽敞的走廊,足有两尺见方,便一下落在了我的眼里。走廊尽头让枯瘦的栏杆给拦住了,头上的玻璃窗紧闭着。日光从晴空里落下来,打檐头那儿斜过,透过玻璃,给套廊这边涂了层光亮的色彩,那光亮一下儿照到了书斋门口,暖洋洋的。我目不转睛地瞅了好一会日光照着的地方,只觉得像是有阳光从眼底里涌出来似的,一派春意融融。

　　此时,这两尺来宽的空隙处冒出了东西,凌空蹈虚的,跟栏杆一般高。红底子的缎带上绣着白色的藤蔓纹提花,打成个圈儿,打脑门那儿整个儿嵌在了头发上,缎带圈的中间插了一朵花,看上去像是海棠,海棠四周则拱围着绿叶。黑头发的底子上,浅红色的花苞宛如硕大的水滴,看上去分外清晰。按比例短了一截的下巴底下打了道摺,只有一颗紫色在下巴边缘处心神不定地活动着。衣袖和手脚,则一概隐而不显。落在走廊里的日光打那影儿身上透过,就像是一无阻碍似的。在他身后——

　　接下来的这位要矮些，一块彤红厚实的布从脑门披到肩头，偏长的脊背上，交叉着竹篁的纹样，躯干正中的一片，呈现出残存在深灰色里的绿意。竹篁的纹样则比滞留在走廊里的那双脚还要大。待那双脚若隐若现地，刚挪动了几步，那矮物便已悄没声儿地从书斋门口晃了过去。

　　第三位的头巾是蓝白相间的格子纹。帽沿下呈露出的脸侧，圆嘟嘟地鼓胀着。半边脸颊的正中红得就跟熟透的苹果似的。茶褐色的眉毛只看得清眉梢，眉毛底下突然凹陷下去，然后出人意料地，从这儿再稍稍掠过鼓着个滚圆鼻子的脸颊，便一个劲儿地往前，朝脸盘外伸展开去。脸颊往下，裹得严严实实的金黄条纹的织物，拖曳出修长的衣袖边缘足足有三寸多。这一位是拄着比他高出一头的芝麻纹竹杖出现在我眼前的。竹杖的端头，装饰着一丛光泽鲜亮的鸟羽，让日光照射着熠熠生辉。拖曳在衣袖边缘上的金黄色条纹织物，那衣袖似的里子刚让人感觉到银光一闪，人影便已走了过去。

　　随后，马上又露出一张涂得雪白的脸，从额头涂向平板的脸颊，从下巴溯逆而上，直抵耳根，整个儿就跟一道静寂的白墙似的，中间只剩下眼珠在眨巴，嘴唇抹得鲜红，折射出一道蓝蓝的光线，胸脯那儿看上去则像是鸽子的颜色，再往下，一直到裤腿，一下子把人搅得眼花缭乱的，这中间，他则揣了把小巧玲珑的小提琴，神情庄严地扛着长长的琴弓，两脚打我书斋门口跨过去之后，脊背上贴着的一块黑缎子的正中，那金线刺绣的图案，便在日头里浮现了一下。

出现在最后的一位，纯粹是个小不点儿，就像是从栏杆底下滚落过来似的。可拿着个大架子，脑袋也来得特别的大。脑门上戴了顶五颜六色的帽子，挺招人注目的，帽子的正中好像高耸出一个小点儿。穿的一身印有井字纹样的筒袖和服上，耷拉下一嘟噜天鹅绒的屠苏，呈三角状，一直从脊背垂到了腰下。脚下蹬着双红鞋。手中的一把朝鲜团扇足有半个身体那么大，团扇上，是用红黄蓝三种油漆勾描出的类似阴阳鱼的图案。

行列在我眼前静静地走了过去。书斋门洞然敞开，空荡荡的日光直抵书斋门口，四尺开阔的廊檐底下令人生出一阵清寂之感，就在此时，前面的墙角里，突然响起了一声小提琴让人给蹭了一下的声响,随即,细小的喉咙不约而同地凑聚在了一起,一下子笑开了。

家中的孩子,每天都要拿出母亲的外褂和包袱布,来做一场这样的游戏。

往　昔

皮特洛克利山谷正值秋季。十月的阳光给映入眼帘的山野和树林染了层暖色，人们就在这山谷里起居生息着。十月的阳光在半空里兜住了山谷寂静的空气，不让它直接落脚在地面上，也不让它逃逸到山外去，就这么一直让它滞留在不见一丝风儿的山村的头顶上，凝然不动地遮罩在那儿。这当儿，山野和树林的色泽则渐次变化着。就好比酸涩的果子不知不觉间变得甘香似的，时光的迁移让整个山谷越发变得高古幽雅。皮特洛克利山谷此刻回到了百年前的往昔，二百年前的往昔，变得安闲而又清寂。人们在日常生活中攒齐起成熟了的脑袋，眺望着云霞从山脊上飞越而过，那云霞忽而变作白色，忽而变作灰色。从浅浅的谷底，透过山地，时常可以望见。什么时候望去，都会让你生出一种古老苍云之感。

屋子就盖在一道小丘陵上，眺望起山谷和云霞来就有了近水楼台之便。朝南的那堵墙特别的敞阳，也不知道让十月的阳光晒了多少年，靠西端的那一片都已枯成了深灰色，那儿沿墙栽了棵蔷薇，几枝蔷薇花绽放在冷色的墙壁和暖色的日头之间，硕大的花瓣打出一道道淡黄色的波状起伏，嘴咧得就跟要从花萼那儿翻转过来似的，四周一片静寂，花香让薄薄的日光吮吸着，消散在两间屋子见方的空气中。我伫立在这两开间里，往上望去。蔷薇直往高处攀缘，深灰色的墙壁陡直地耸立在蔷薇藤蔓攀缘不及的地方，而屋脊的尽头处又出现了一座塔，日头则从那更高处的云霭深处落了下来。

　　脚下的丘陵就坐落在皮特洛克利山谷里，极目远眺得到的遥远谷底，让色泽填埋得平平实实。爬上山谷对面的那道山岭，枯黄的白桦树叶层层叠叠堆积在那儿，浓淡相间的坡道上砌着数不胜数的石阶。整个山谷于敞亮间折射出一种清寂的基调，在这清寂中，一道黑色的筋脉横向蜿蜒蠕动着。挟杂着泥炭的溪水，就跟一道溶化了的粉末染料似的，呈现出一种古色古香的色泽。一走进这深山里，首先看到的便是这么一道溪流。

　　山野的主人出现在了我的身后。十月的日光映白了主人七成的胡须，他的装束也显得别出心裁，束在腰间的苏格兰摺裥短裙，是跟捂在膝头保暖的圆毯差不多的粗条纹织物，短裙在膝盖处被截住，成了灯笼裤的模样，打着一道道竖纹摺皱，腿肚子则让粗毛线袜子遮了个严严实实。一走起路来，那苏格兰摺裥短裙的摺皱便摆动开来，若隐若现地裸露出膝盖和大腿间的一截。这是不介意裸露肉体肤色的往昔时代的裤子。

主人将毛皮制的钱包佩戴在前边，钱包跟木鱼差不多大小。他落坐在夜火炉的旁边，瞅着哔剥作响的通红的煤炭，一边从木鱼中摸出烟斗，掏出烟草，然后吧嗒吧嗒地，在漫漫长夜里抽起烟来。这木鱼被唤作斯朴兰。

我和主人一块儿下了山崖，走进一条细小幽暗的山路。一种唤作司蔻其珐的常青树的树叶，看上去就像云气浸润在海带丝里，怎么也驱赶不了似的。栗鼠摇曳着粗长的尾巴，出溜出溜地往黑色的树干上蹿，我刚留意到此番情景，不料年代湮远，长得厚厚实实的青苔上，又唰地蹿过去一只。青苔纹丝不动，一仍其旧地蓬松着。栗鼠的尾巴就跟一把掸子似的，擦拭过绿得发黑的山地后，躲进了暗处。

主人偏过脸去，转向敞亮的皮特洛克利山谷。幽黑的河流依然如故，在山谷深处流淌着。主人告诉我，顺河流北上，走上大约四千米的样子，便是Killiecrankie峡谷①。

高地人和低地人在Killiecrankie峡谷互相征逐时，尸体夹在了岩石间，把冲击着岩石的河流都堵住了，饮吮了高地人和低地人的鲜血后变了颜色的河流，在皮特洛克利山谷里整整流淌了三天。

我打定了主意，准备明天一清早就去造访Killiecrankie古战场。走出山崖，脚下散落着两三片美丽的蔷薇花瓣。

---

① 英国格兰比亚山脉中的一条山道。1689年，丹迪大臣指挥的雅各布党（詹姆斯二世的支持者）与休·马克将军率领的威廉三世的军队，曾在这里打过仗。

声　响

　　丰三郎搬进这家公寓已经三天了。搬进来的头一天，他在微暗的暮色里拼命收拾行李，整理书籍，差不多成了个忙碌的影子，然后去街上的澡堂洗了个澡，一回来便倒头睡下了。第二天从学校回来，坐在桌前看了会儿书，也许是居住环境一下子改变了的缘故，根本就打不起看书的劲头来。窗外不时传来锯子的声响。

　　丰三郎就这么坐着，伸手打开纸拉窗，只见有个修剪树木的，正在自己鼻子跟前卖力地卸着梧桐的树枝，一根又粗又长的枝干，喀哧喀哧地，被他毫不怜惜地从叉根处曳开，掉落到了地上，就在这当儿，白色的截口在增多，十分醒目。与此同时，空漠的天空像是从遥远处聚集到了窗跟前似的，一眼便可望到辽阔的天际。丰三郎肘子支在桌子上，手托腮帮，漫不经心地眺望着高悬在梧桐树上空那秋高气爽的晴空。

　　就在丰三郎把目光从梧桐树那儿挪移到天空中去的当儿，他突然感到心怦然动了一下，不一会，随心情平静下来，一种对故乡的思念和回忆之情，便像打了个点儿似的，从心底的某个角落里冒了出来。那点儿虽在遥远的地方，但却清晰得恍若就在桌上。

稻草葺的大屋顶。从村里往山上走，走上两百来米，路就到了自己的家门口。进门便是一匹马，马鞍边拴着一束菊花，马铃响了一声，便躲进白墙里藏了起来。日头高高地照着屋梁，屋后边的山上，那让茂密山林遮蔽着的松树树干，整个儿闪烁在日光下，历历可见。正是采集蘑菇的时节。丰三郎在桌子上嗅到一阵刚采摘下的蘑菇的清香，随后便听到母亲在叫唤自己："丰儿，丰儿。"那唤声异常遥远，却听来十分清晰，仿佛伸手即可触摸。——母亲五年前就已死了。

丰三郎突然吃了一惊，便挪开了眼睛，于是，先前看到过的梧桐树梢便又重新映入了眼中。正待伸展开去的树枝，一端被锯断了，树杈的根端埋在了树瘤里，姿势扭得很怪，看着令人不适，让丰三郎突然间生出一种像是让人硬摁在了桌子上的感觉。隔着梧桐朝篱笆外俯视过去，那儿是个三四间住家的大杂院儿，脏兮兮的。露出败絮的被子无所顾忌地晒在了秋日里，一位五十开外的老太太站在一旁，在朝梧桐树梢那儿瞅。

稍稍消褪了纹样的和服上系着细细的和服带，稀疏的头发盘拢在一把大梳子上，正伫立在那儿，透过树枝，茫然地瞅着梧桐的梢头。丰三郎看到了老太太的脸，那是张苍白浮肿的脸。发肿的眼睑深处露出一双细小的眼睛来，老眼昏花地抬眼张望丰三郎。丰三郎赶紧让自己的眼睛停落在桌子上。

第三天，丰三郎上花铺买菊花。他想要那种跟绽放在故乡庭院里一个样的，但是遍找不着，只好要了花铺里有的那种，就这么着让店主用三根稻草扎成一束，插在了酒壶模样的花瓶里。从行囊底层取出帆足万里[①]画的一幅小挂轴挂在了墙上。这画还是前些年归省故乡那会儿，特意带出来派装点门面用场的。随后，丰三郎便在褥垫上坐下，看起挂轴和菊花来。就在此时，窗前边的大杂院那儿传来了一声呼唤："丰丰。"这呼唤，调门音色俱佳，跟故乡母亲优雅的呼唤声如出一辙。丰三郎哗啦一下打开纸拉窗，于是，昨天见到过

---

① 帆足万里（1778—1852），日本江户后期的兰学家，以研究荷兰的自然科学而知名，著有《穷理通》（解释物理学的）等书。

的那位脸色苍白浮肿的老太太便出现在了眼前，正待坠落的秋日映照在她的额头上，她正在那儿朝一个拖鼻涕的十二三岁的小孩招着手。随开窗的哗啦声，像往常一样，老太太翻掀了一下浮肿的眼睛，抬头朝丰三郎瞅了过来。

钱

你要是一口气读上五六本这样的小说,就是那种把连登三版而又言辞激烈的报道照本翻制之后,再加以扩展而成的小说,那你便会厌倦不堪。吃饭也一样,生活的艰难和着饭,一道挤进了胃里,挤了个不亦乐乎,肚子便胀得百般难受起来,于是只得戴上帽子,上空谷子那儿去。这个时候,正是这位人唤空谷子的人,可以腾出工夫跟人神侃海聊的大好时机。此人是个妙人,长得既有几分哲学家的风度,却又活脱像个算命的。因为听说漫无涯际的空间里无处不在闹着火灾,还都是些比地球还要大的火灾,而火警传到我们眼里则要花费上百年的时光,他便闹了场恶作剧,在他神田的家里点了把火。而尤为奇妙的是,空谷子的家在神田的那场火灾中竟然安然无恙,却是千真万确的事实。

空谷子倚着小方火钵,用黄铜制的火筷子在灰烬上写了串什么字。我发话问他:"怎么呢,你老兄还在那儿一门心思地思考着哪?"他便给了个脸色,好像挺讨厌此时有人来烦他似的,应了声:"唔,这会儿正在对钱稍加思考哩。"好不容易上一趟空谷子的门，听到的却又是钱不钱的话，真够呛，所以我便不再作声。接着，空谷子就像突然发现了新大陆似的，这么说道：

"钱是可怕的！"

我觉得空谷子当作警句来说的这话，其实是句很陈腐的话，就没加理会，只反问道："是么？"空谷子在火钵的灰烬上画了个很大的圆，然后朝圆心捅了捅说："你的钱在这儿。"

"这钱变化多端，既可以变成衣服，又可以变作食物，既可用来坐电车，又可用来租房子。"

"废话！这还不明摆着？"

"不，不是人人都明白的。这圆哪——"说着又画了个很大的圆。

"这圆圈儿，既能让人变成个好人，也能让人变成个坏人，既可让人上天堂，也可让人下地狱，可变性实在太大了！眼下文明尚未臻及发达，这真让人头疼。人要再文明开化点儿的话，那就谁都会明白这么个理儿啦，那就是，对金钱令人捉摸不透的易变须得加以限制才行。"

"怎么个限制?"

"怎么限制都行——譬如说,把钱分为五种颜色,红、蓝、白什么的,岂不要好些?"

"怎么个弄法?又何以会好些呢?"

"怎么弄?红颜色的钱只能限定在红色区域里流通,白颜色的钱只得在白色区域里用,一旦走出自己的地界,便完全发不了威,就跟一堆破瓦片似的,要这样来限制它的流通交易。"

你要跟空谷子不认识,是头回碰面,一上来他便说了这么一番话,那你说不定会把空谷子看作是个脑子异样的爱高谈阔论的家伙。可空谷子是个想象着比地球还要来得大些的火灾的人,所以你听了他的这番宏论,大可不必替他担惊受怕。空谷子这么回答道:

"从某种角度看,钱不过是劳动力的符号。可劳动力千差万别,要是折合成相同的钱币,使不同的劳动力变得彼此相通,那就全搅浑了。打个比方说,我手头挖有一万吨煤,这劳动力不过只是一种器械性劳力,你可以把它折换成为钱,而这钱不是只有在同属器械性劳力的范围内才有交换的资格吗？可这器械性劳力一旦兑换成钱币，便马上获得一种神通广大的力量，就可以顺顺当当地跟道德性劳力相置换，这一来，精神界就让它给恣意搅乱了。太不像话了，这不是十足可怕的魔鬼是什么？所以非得按颜色把它分开，非得让人稍稍明白这个理儿不可。"

我赞成色分说。稍过片刻后，我便问空谷子：

"用器械性劳力购买道德性劳力固然不是好事，可被购买方也有它的不是吧？"

"是呀，看到如今的金钱如此神通广大，就是神祇下凡，降临人间，同样也奈何它不得。因为现代神祇即是野蛮。"

我和空谷子谈论了一番这种金钱要不得的话之后，便打道回府去了。

心

　　我把浴巾搭在了二楼的栏杆上，俯视起阳光明媚的春日大街来，只见裹着头巾、长了口稀疏白胡子的修换木屐齿的，打篱笆墙外走过，一面上了年头的鼓就绑在扁担上，在用竹制的压勺咚咚敲着那鼓，那击鼓声，就跟脑子里一下跳出来的记忆似的，听上去虽很锐利，可总觉得哪儿在漏着气。那老爷子来到斜对面医师家的大门旁，一如既往地咚咚敲响了他那浑浊不清的春鼓，头顶上开得雪白的梅花丛中便马上飞出一只小鸟来。刚一走神，那木屐齿匠便已绕进斜对面的绿竹篱笆那边，不见了踪迹。鸟儿扑扇着翅膀，飞到了栏杆底下，不一会儿，停落到了柘榴的细枝上，但看上去仍是一副心神不定的样子，接二连三地调换着身姿的当儿，突然抬头瞅了眼正倚在栏杆上的我，一下儿便飞离了枝头，我刚留意到树枝烟霞般地晃动时，小鸟一双漂亮的脚爪已踩在了栏杆的把手上。

　　我还从来不曾见过这种鸟，自然叫不出它的名儿，但那格调让我怦然心动。长得很像黄鹂，翅翼却更为细巧，胸脯发暗，呈砖瓦色，一有风吹草动便会疾飞而去的担惊受怕的样子，翅翼不时地扑扇起柔和的波漪，显得温驯而又雅致。惊动这样的鸟让我觉得是种罪过，我一直倚在栏杆上，强忍着连一根指头也不忍动弹一下，可看到小鸟出乎意料地镇静，过了片刻，我也便横了横心，暗自抽身往后退去，与此同时，那鸟儿敏捷地飞到了栏杆上，一下来到了我的眼前。鸟儿和我只隔开尺把的间距。我的右手，多半是下意识地伸向这只漂亮的小鸟。那鸟儿，就好像是要把它那柔软的翅翼、奢华的爪、打着涟漪的胸脯，所有这一切，连同它的命运，悉数托付给我似的，安然飞落在了我的手心里。此时，我往下打量着它那圆乎乎的脑袋，思忖起"这鸟儿……"来，可是接在"这鸟儿……"之后的词，我却是一个也思忖不起来，它们只是沉潜在心底里，整个儿显得冲淡而又模糊。那在心底里熬成了满满一锅的东西，让某种不可思议的力量汇集到了一块儿，一旦加以判然熟视，其情形——我想大概也就会跟此时此地正停落在我手心里的这只鸟儿一样，跟它有了相同的色调，俨然成为一物的吧。我把鸟儿一径装进了笼子，在一旁瞅着，直至春日日影西斜。于是我又想到了这么个问题:这鸟儿又是以怎样一种心思在看待着我的呢?

随后我便出门散步去了。欣欣然,信步走去,穿过好几条街,来到一条熙来攘往的大街上,这大街一会儿朝右折,一会儿又往左拐,在素不相识的行人身后,又会冒出若干素不相识的行人来,不管走在哪儿,到处都是热热闹闹、快快活活的。你在什么地方跟外界打交道,有时也许会觉得不自在、拘束,可此刻我几乎意识不到自己有这样的感觉。在大街上,跟何止千数的陌生人相遇是件快乐的事,但也仅止于快乐而已,那快乐的眼神和鼻形是绝不会映入脑中的。于是,什么地方传来一声像是风铃砸落在了屋檐瓦上的声响,我吓了一跳,待朝那边望去,只见隔开五六间屋子前边有一条小道,道口正站着位女子,穿的什么衣服,绾的哪样发髻,几乎辨认不清,唯有脸儿映进了我的眼帘。那脸儿,要分别加以指明,说,这是眼,这是嘴,这是鼻,那是碍难做得到的事——不,那眼、嘴、鼻、眉和额是个整体,那是一张专为我打造而成的脸。是百年前就已蠢在了那儿,眉目、鼻子和嘴都在等待着我的到来的一张脸。也是百年之后,就是天涯海角也能让我追随不舍的一张脸。一张默默地在说着什么的脸。那女子默不作声地转身离去。我追了上去，我以为是条小路的地方原来是条小巷，湫隘而发暗，我踌躇了起来。可那女子默不出声走进了小巷深处，默不出声地，却对我发话道："跟我来！"我侧着身子，走进了小巷。

黑色的暖帘悠悠晃晃着，帘上染着白颜色的字，然后是掠过头顶的檐灯，正中间写着"三阶松"几个字，底下是柱基，再接下来是只玻璃箱，里边装满了小方块的糯米薄脆饼，接下来，是屋檐下挂着的印花布片，排列在五六个方框子里，然后出现了一只香水瓶，接着，小巷在土墙仓库一片漆黑的墙壁前走到了尽头。我刚留意到那女子就在两尺开外的前边，她便突然回头看了我一眼，然后匆匆朝右拐去。此时，我的脑子里一下变成了先前那只小鸟的心思，于是，我赶紧随那女子右拐。这一拐，眼前便出现了比刚才那条还要悠长的小巷，逼仄，幽暗，不断朝前延伸过去。我便跟随这始终默然沉思的女子，在逼仄、幽暗，且又走不到尽头的巷子里一路走去，就跟那只鸟似的，她走到哪儿我便跟到哪儿。

变　化

　　俩人在楼上铺两席榻榻米大小的房间里摆了张桌子。那榻榻米红里发黑的光泽，就是到了二十多年后的今天，依然历历在目，留在了眼底里。房间朝北，在不到两尺高的小窗前，俩人肩膀挨着肩膀，挤挨在一起预习着功课。当房间里渐渐暗下来时，俩人便会全然顾不得寒冷，敞开纸隔窗。这个时候，窗底下的那户人家，那竹格子里边，便会有位少女站在那儿发呆。在寂静的傍晚，那少女的脸庞和身姿便显得格外的秀丽。俩人常常会久久地呆望着楼下，为这少女的美姿惊叹不已。可我从没对中村①透露过半点自己的心思，中村也一样。

　　少女的脸庞，现在早已忘得一干二净，只隐约记得她好像是木匠家的女儿，自然是住简陋屋子、过清苦日子那种人家的孩子。我们俩住的，便是这年久失修、屋顶上连张瓦片都找不出的简陋屋子中的一间。楼下寄宿着的十几个人，是

---

① 中村是公（1867—1927），夏目漱石大学预备门时代的朋友，后曾任"满铁"总裁、铁道院总裁等职。

一边替学校打杂工一边上学的补习生和他们的管事，混住在一起。一间任凭风吹雨打的食堂，就那么踢拖着木屐在那儿吃饭。一个月虽只收两日元，可换得的饭菜却难吃得要命。不过，隔天还能喝上一回牛肉汤，当然只是漂几星油花，也只是筷头上能沾点儿肉香。于是，补习生便一个劲儿地抱怨管事狡猾，存心不让他们吃上可口的饭菜。

中村和我，便是这家补习班的教师。俩人每天差不多教两个钟点，一个月拿五日元薪水。我用英语教地理和几何。几何课上，我有时会因为无法让非重叠在一起不可的线段叠合到一块儿而感到困窘，而在给一张错综复杂的图案画上粗线时，当两条线段在黑板上重叠到了一块儿时，又会让我感到欣喜。

俩人一早起来，便踏过两国桥，上一桥预备门①去上课。当时上预备门的学费是一个月二十五钱。俩人把每个月的薪水掺和在一块儿，就放在桌子上，从中扣去两角五分学

---

① 指大学预备门，专门招收旨在考取东京帝国大学（今东京大学）的学子，相当于大学预科学校，其中的一高，即后来东京大学教养学部的前身。

费，两日元饭菜钱，然后是几许上澡堂的钱，余下来的钱便都揣进了怀里，四处找店铺去吃些荞麦面、年糕小豆汤和寿司，等共同财产一花光，俩人便不再出门。

上预备门途经两国桥时，中村有一回跟我打听："你手头读着的西洋小说，里边可有美女出现？"我回答说："嗯，有的。"可那是本什么小说，出现在小说里的又是怎样的美女，如今却是一点儿也记不起来了。中村从那时起就不读小说之类的书了。

有一回，中村划艇比赛拔得头筹，学校奖了他一笔钱，他便用这钱去买了书来，有位教授便在他买来的书上写下"赠予某某，以作纪念"的文字。当时中村便对我说："我是用不着书的，你要喜欢什么书，我一定替你买。"随后，便给我买来了阿诺德①的论文和莎翁的《哈姆雷特》。这书至今我还保存在手里。当时，我是头一遭读这名叫《哈姆雷特》的剧本，一点儿都读不懂。

毕业后，中村马上去了台湾。打那以后，两人就一直没见过面，想不到竟会在伦敦街上再次相遇。那正好是七年

---

① 马修·阿诺德（1822—1888），英国文艺批评家。

前的事。当时中村脸上的神气跟从前丝毫不爽,但已腰缠万贯。我和他一起玩了好多地方。跟从前有所不同的是,中村没再跟我打听"你手头读着的西洋小说里,里边可有美人出现",这回倒是他告诉了我许多西洋美女的事。

回日本后,我又没再见过他。直至今年一月底,他突然着人上门,说是有话想跟我说,让我上筑地"新喜乐"去跟他碰面。他约的是中午,可这时已过了十一点,加上那天偏偏北风刮得很紧,出门在外,帽子和车子都有让风刮跑之虞,那个下午我又有亟待处理的事迫在眉睫。于是我让妻子给他打了个电话,问他明天碰面行不行。他说他明天将忙于出门旅行的准备,所以……说到这儿电话便断了线。妻子又拨了好几次电话,却怎么也拨不通。莫非是刮大风……妻子回到家里,脸带寒色。就这样,终于没能碰上这一面。

昔日的中村已当上了"满铁"① 的总裁。昔日的我则成了个小说家。"满铁"总裁在干些什么,我是一无所知,而我的小说,中村大概也从没读过一页吧。

---

① "南满洲铁道株式会社"的简称。

克莱格先生

　　克莱格先生像只燕子似的,把自己的巢筑在了四楼。站在铺石路边抬头张望,连窗户都看不见。从楼下一级级往上爬,要爬到大腿稍稍疼痛,才好不容易抵达先生的大门口。说是大门,可门扉啦屋顶啦,这些道道却是没有的。门幅不足三尺的黑门上,只挂了个黄铜门环。在门口歇上口气,然后用门环的下端啪啪敲击几下门板,门便会从里边打开。

　　来开门的总是个女人。也许因为近视吧,戴着眼镜,老是一副吃惊的样子。年纪已五十来岁,按理说,该是见惯世事、见怪不怪的人了,可还老是吃惊着。每次敲门,她总大睁着眼,把眼睁到让人过意不去的地步,一边说"请进"。

　　等进了门,那女人便一下没了人影。一进门便是客厅——刚开始我并没把这间屋子当作客厅,不见有任何别致的装饰,只是安了两个窗户并且堆了很多的书。克莱格先生差不多就在这屋子里占着他的一个位置。见我走进来,他便惊讶地"哎呀"一声,然后伸出手来。我看他像是要跟我握手的样子,便走上前去握他的手,可他从不迎上来握我的手。我也没觉得握手有多好,也很想就此作罢算了,可每次上他那儿,他仍会惊讶地"哎呀"上一声,然后像往常一样,伸出他那汗毛很重、满是皱纹、很不情愿的手来。习惯真是件不可思议的东西。

那只手的主人乃是我请益问难的先生。头一回上他那儿去时,我问起学费怎么付,他说"是啊",看了窗外一眼,然后说:"每回七先令好不好?要嫌贵,我可以再让点儿价。"就这么定了下来,每回七个先令,累计到月底由我一次付清。可有时先生也会突然来催促我:"哎,手头正缺点儿钱,能不能付我点学费?"我便"啊"了一声,从西装裤子的口袋里掏出钱来,全递了过去。先生口中"哎呀"着,踌躇地接过那钱,一边又跟往常似的伸出他那不情愿的手来,他朝手掌瞅了一眼,终于把钱装进了裤袋里。叫人头痛的是,先生从不找零。我想把多付的钱转为下个月的学费,可一到下个礼拜,先生有时又会说:"我想买几本书……"又来催我交钱了。

先生是爱尔兰人,说的话很难懂。要是着起急来,那就跟东京人和萨摩人吵架似的,就更难懂了。而偏偏先生又是个遇事慌张、爱着急的性子，所以说，遇到这样的麻烦事，我便只好听天由命，呆然看着先生的脸。

这又是张非同寻常的脸。他虽有西洋人特有的高鼻梁，却分成了两截。并且鼻子上的肉也太厚，这一点倒跟我很相像，可这种鼻子，一见之下是不会有好感的，并且长了一鼻孔蓬乱的鼻毛，颇有几分野趣。倒是胡须，黑白夹杂，胡乱滋生，惹人生出几分怜意。记得有一回，我在贝卡大街碰见先生，觉得他活像个赶马车的，只是手上忘了拿马鞭了。

我从没见过先生穿白衬衫或白领子的衣服。他老穿一件带条纹的法兰绒衣裳。脚下穿一双毛茸茸的拖鞋，脚伸向暖炉，差不多都快伸进暖炉里去了，然后时不时地敲击一下很短的大腿——此时，我才留意到了，先生那只不情愿的手上戴着枚金戒指。有时他把敲击改为搓揉，一边搓揉着大腿，一边教我，不过，教了我什么，我却是稀里糊涂的。我要是问他，他便把我拽到他性之所好的话题上去，压根儿就不理会我的提问，而他嗜好的话题，却总是随时节的转换和天气的状况，时时变换着的。有时候甚至今天说的跟昨天说的，仅一天之隔，便悬殊得跟地球两极似的。说难听些，哎呀，简直就是信口开河。说好听些,他是在跟我做文学座谈。如今想来,一次七先令,本就无从指望会有规范正式的授课,这在先生本是理所当然的事,因此,对之心怀不满,反倒让我显得蠢头蠢脑。不过,先生的头脑一如他的胡子,总有点杂乱无章的趋势,故而毋宁还是像这样付点低廉的学费,也不求有什么中规中矩的授课,说不定还来得好些。

先生对诗很内行。念起诗来,脸和肩膀会跟游动的阳光似的颤动不已——这不是我瞎编,千真万确,是在颤动。不过,不是念给我听,说到底,他这是在自得其乐,结果,吃亏的还是我。有一回,我带了本 A. C. Swinburne① 的《洛扎蒙特》去,先生说了声"给我看看",刚朗诵了两三行,便一下把书反扣在腿上,郑重其事地摘下夹鼻眼镜,叹息了一声:"哎呀,不行不行!Swinburne 就跟他写的这诗一样,已经苍老不堪啦!"便是在这时,我才想到去读 Swinburne 的 *Atalanta in Calydon*② 的。

先生把我当作小孩子。他时常问我些愚不可及的问题。

---

① 斯温伯恩(1833—1909),英国诗人、文学批评家。
② 斯温伯恩的代表作《卡吕冬的阿塔兰忒》。

"这个你可晓得？""那个你可明白？"有时，刚一发问，他又会突然跳到把我视作同辈的立场，问我些难度很大的问题。他曾当我面念 S. W. Watson[①] 的诗，问我："有人说这首诗酷似雪莱，也有人说根本不搭界，你怎么看？"我怎么看？对我说来，西洋诗要不先读过一遍，然后听人念过一遍，那根本就不知道是怎么回事。于是，只得敷衍了事。到底像还是不像雪莱，至今已忘得一干二净。但可笑的是，当时先生照例拍了拍大腿，说了声"我也这么想"。这让我觉得诚惶诚恐。

有时，先生把头伸出窗外，俯视着下界忙碌行走着的过路人，对我说："你瞧，这么多的行人，里边懂诗的，一百个里边也找不出一个。真可怜。英国人真是个不懂诗的民族啊。要跟他们在一块儿，连爱尔兰土人都是很了不起，比他们高尚得多了——事实上我不得不这样说，能品诗的你我真是有福了。"把我算作懂诗的一伙，这让我感激不已，可即便如此，他对我依然颇为冷淡。我从不觉得跟他有过情投意合的时候。我一直只是把他看作是个纯粹机械性唠叨着的

[①] 威廉·沃森（1858—1935），英国诗人，诗作多以政治信条作为主题。

老人。

可后来发生过这么一件事。当时，我已住厌了自己原先住着的公寓，很想搬到先生这边来住，于是，有一天趁上完课，我便向先生提出了这个请求。先生马上一拍大腿说："原来如此，跟我来，我领你看一下家里的住房。"餐厅、女佣的房间、厨房，都一一领着让我看了个遍。本来就是四楼里边的一角，自然不很宽敞，只花了两三分钟便看完了。先生回到原来的座位上，我以为他会回绝我说："你瞧，就这么个家，实在没地方留你住。"不料他却突然跟我谈起 Walt Whitman① 来："从前，Walt Whitman 曾在这儿住过一小段日子，"因为说得太快，我听得不很真切，反正是说 Whitman 来过这儿的意思，"最初读他的诗，觉得那简直就不成其诗，可读了好多遍后，便渐渐觉得有意思起来，到了最后，我已是非常喜欢了，所以说……"

学生请托的事，好像早已飞到了九霄云外，我只好听天由命，"嗯嗯啊啊"地附和着，听他往下说。反正当时说的

---

① 沃尔特·惠特曼（1819—1892），美国诗人，以《草叶集》闻名。

不外是雪莱跟谁谁谁吵架什么的，他对此颇不赞同。"吵架不是件好事。他们俩都是我所喜爱的，看到自己喜爱的两个人吵成一团，更是觉得糟糕。"可再怎么申说异议，那也都是几十年前的事了，早已无济于事。

先生是个粗枝大叶的人，常常把自己的书啦什么的搁错地方，一旦找不到了，就会焦急得不行，跟失了火似的，夸张地大声喊叫厨房里的老女佣。于是，那老女佣也照例是神情夸张地出现在了客厅里。

"我……我的《华兹华斯》搁哪儿啦？"

老女佣依然吃惊地瞪着盘子一样大的眼睛，去书架上来回寻找，可再怎么吃惊，她也总能准确无误地，一转眼就把那本《华兹华斯》找了出来，然后口中说了声"Here, Sir（在这儿，先生）"，带点儿责备似的把书蠹到了先生面前，先生接过那书，就跟一把夺过去似的。他用两根指头笃笃敲击那脏兮兮的封面："瞧，华兹华斯……"便给我上起课来。老女佣瞪着一双越发吃惊的眼睛，退回到厨房里去了。先生将《华兹华斯》敲击了两三分钟，最终也没打开那本好不容易才找到的《华兹华斯》。

先生有时也给我写信。那信上的字根本就没法读。两三行的字,有时颠来倒去不知读了多少遍,也还是无法判定。后来我拿准了,先生给我写信,准是他有什么不便,无法上课了,这才省去了读信这道麻烦事。偶尔,他也会让那老吃惊的老女佣代笔,要那样,信就好读多了。先生家里雇了个好秘书。先生对我叹息说:"我的字糟透了,真是伤脑筋。"他又说:"你的字要好得多。"

用这种字写成的文稿,该会是个什么样子呢?这实在让人担心。先生出版过《阿登版莎士比亚》①一书,想来他的那手字也颇有排成活字版的资格,于是满不在乎地用它写序文,做笔记。还不光是这样,有一回先生吩咐我:"你读读这篇序!"让我读他撰写的附在《哈姆雷特》一书里的序言。当我再次上他那儿去时,告诉他"写得挺有意思",他便要我"回日本后,一定要介绍这本书"。回国后,我在大学里讲课,《阿登版莎士比亚》和《哈姆雷特》这两本书,着实让我受用了一番。在我看来,恐怕再也找不到比这本

---

① *The Arden Shaskespeare*,W. 克莱格监修出版的分册《莎士比亚全集》,每册各有编者,并附有针对作品的长序。

《哈姆雷特》更周到、更得要领的书了。可在当初，我却没能意识到这一点。但先生的莎士比亚研究，在此之前就很让我震惊。

客厅的拐角处，有个铺六席榻榻米大小的小书斋。先生筑巢于高处，说白了，便是把巢筑在四楼的隅角，而这隅角中的隅角，则坐镇着先生的珍爱和宝重之物——大约十册长一尺五寸、宽一尺的蓝封皮笔记本就排列在那儿，先生随时都会把写在纸片上的东西抄进这蓝封皮中，就跟一个吝啬鬼积攒着亏空了的钱似的，笔记本的渐渐增多成了先生的人生乐趣。要是上他的书斋待上片刻，你马上便会明白，这些蓝封皮都是《莎翁辞典》的原稿。据说，为完成这部辞典，先生放弃了威尔士一家大学的文学教席，腾出时间来天天上大英博物馆。连大学教席都弃之不顾，草草打发只付七先令的弟子也就没什么过分的了。终日终夜盘桓磅礴在先生头脑中的，便唯有这部辞典。

我曾问过先生："先生，不是已经有了部 Schmidt[①] 的

[①] 亚历山大·施密特（1816—1887），德国英语学家，所编《莎翁字汇》，汇集了莎士比亚作品中的所有词汇，对学界颇有贡献。

《莎翁字汇》了吗？干吗还要编这辞典？"于是先生忍不住带点轻蔑似的说："你瞧瞧这个。"说着他取出手头的一部 Schmidt 让我看。我翻开一看，只见前后两卷全添满了文字，黑压压的一片，没一页还是完整的。我"啊"了一声，惊呆地盯着 Schmidt。先生很得意地说："瞧，要是编一部跟 Schmidt 水平差不多的辞典，我根本就用不着这么费心啦。"说罢，又并起两根指头，笃笃笃地敲击起那涂抹得一团黑的 Schmidt 来。

"您是什么时候编撰起这部辞典来的？"

先生站起身来，走到书架前，一个劲儿地找起东西来，可又跟往常一样，焦急地喊道："简！我的那本 Dowden[①] 呢？怎么不见了？"还没等老女佣赶到，先生就已迫不及待地在问她 Dowden 的踪影了。老女佣便又一次吃惊着赶来，接着又跟往常一样，责怪似的道了声"Here, Sir"，随后便走开了。先生毫不在意老女佣的顶撞，饥不择食似的打开书来，说："唔，在这儿。Dowden 把我的名儿清清楚楚写在了

---

① 爱德华·道登（1843—1913），英国文学史家，以莎士比亚研究知名，此处指道登所著的书。

这儿。特意写上了莎翁研究专家克莱格。这书还是187……年出版的，我的研究要比它早得多，所以……"先生锲而不舍的精神让我佩服极了，我顺便问起："那什么时候能写完？"先生将Dowden放回到原来的地方，一边说："我也不知道什么时候。够我写到临终那一天的。"

打那以后，有好长一段时间，我没能上先生的家去。在这之前，先生曾询问过我："日本大学那儿要不要西洋人教授？我要年轻点，说不定会去日本的。"说这话时，脸上流露出的神情，仿佛已意识到了人生的无常。这也是先生唯一的一次流露出伤感的神情。我刚安慰说："您这不还年轻？"他马上就说："不，不，说不定什么时候便会碰到难以预料的事的。我，已是五十六岁的人了。"说着，脸色出人意料地变得阴沉起来。

我回日本后两年，新到的一份文艺杂志上刊出了克莱格先生去世的消息。莎翁研究专家云云，只给了两三行字的篇幅。读到这一消息，我放下了杂志，心中想道："那部最终没能完成的辞典，说不定已成了一堆废纸。"

伦敦留学日记

明治三十三年（1900）

九月八日（周六） 横滨发。远州洋上船稍有晃动。未能进食晚餐。

九月九日（周日） 十时抵神户，上岸。在诹访山中的常盘进午餐，洗温泉浴。夜，下痢。未进晚餐。

九月十日（周一） 夜半，船抵长崎。
困卧床上，气息奄奄。凝视直径仅一尺之圆窗，但见一星来入窗中，复又离去。船随波摇晃。

九月十一日（周二） 长崎上岸。在县厅与马渊、铃木二氏碰面。至筑后町迎阳亭入浴，进午餐。四时半归船。
马渊、铃木二氏及池田氏前来送行。
夜，月色颇佳。

九月十二日（周三） 梦中醒转，已不见故乡之山。四顾渺茫。但见一羽海燕飞翔于海波之上。船颇摇晃，餐桌以镶板加固，以防起颠坠。

渐已习惯摇晃，心绪稍见好转。长崎上船之西洋妇人颇夥，看上去坐船者比我来得硬朗，不胜心生羡意。无论年老年少，皆视甲板若平地。有家法国人，家中有个六七岁的孩子，曳着玩具蒸汽船满甲板奔跑。我等一行虽尽力强作沉着状，但真能沉着的，唯有芳贺①一人而已，其余诸人则并不沉着。其中最沉不住气的便要算在下我了。

行囊中带有《几董集》和《召波集》②，意欲稍读而不得。周围尽是洋人气息，压根儿就没有吟味俳句的余地。芳贺把玩着《诗韵含英》③，但看来也无济于事。欲作一二俳句

---

① 芳贺矢一（1867—1927），日本语文学家，曾留学德国，回国后，任东京大学教授。
② 与谢芜村门下高井几董、黑柳召波的俳句集。与谢芜村为江户时代中期的俳人、画家。姓谷口，名长庚，号宰鸟、朝沧、四明、夜半亭等，摄津人。幼年学画，后攻俳谐。漫游各地后，在丹后与谢住下，后又移居京都，改姓与谢。以画家、俳人并称于世。画以创南画为功，俳则创开天明新风，世称（芭）蕉风中兴之祖。著有《新花摘》《玉藻集》《花鸟篇》《芜村句集》等。
③ 《诗韵含英》，清代刘文蔚著。集录诗韵，并附用例。

却未作成。真是没辙。

船离横滨，举目一望，左右除我等同行者外，皆为洋人，内中有一日本人，甚觉新奇，试一交谈，不禁大吃一惊，此人原是出生于香港的葡萄牙人。原以为神户上船的客人中也有位日本人，不胜欣喜，孰料这位又是英国人和中国女子交合而生的混血儿。稍不留意便会出错，今后还得多加小心才是。

九月十三日（周四） 黎明，船抵吴淞。浊流满目。左右一带可见青树。梦中多见故乡之人和故乡之家。梦醒但见西洋人和沧海。境遇梦幻，多不相谐调。

坐小汽轮，溯浊流而上，两小时后抵达上海。满目皆为中国车夫。

楼宇宏壮，非横滨等地所能比拟。

访立花政树氏于海关。楼宇宏大，难以辨认，让人不知所措。

经人指点找到东和洋行，在此午餐。立花至。

在立花家进晚餐，去公园听奏乐。

随后游逛南京路繁华地段。颇稀有。

九月十四日（周五） 逛愚园、张园。愚园颇愚。中国人之轿、西洋人之车杂多。

午后三时，坐小汽轮返回本船。就寝。中国人之声，洋鬼子之声，装货卸货声，喧骚之至。

九月十五日（周六） 今日本是船离上海之日。狂猛逾于昨日之秋风，翻掀起黄河浊流，望之即感可怖。张挂于樯梢的旗帜，白底上印染着黑锚，任风撕扯。十时起又加上雨，甲板上摆着的一排藤椅被风刮得七零八落，全让潮水给打湿了，自然无法坐人。坐下则将有连人带椅一并冲去之势矣。

九月十六日（周日） 本该昨日离港的船最终未能离港，延至今日方始离开。船摇晃剧烈，终日足不出船舱。午后鼓勇就食桌，仅饮菜汤半分，遂退却。

九月十七日（周一） 船泊于福州附近。因昨日摇晃，精神疲甚。且下痢。甚不快。

午后四时顷，就近游览福州炮台，深入海湾。

众多中国人持杂货来兜售，喧噪无极。

澡堂当差兼奏乐队队长，身穿买来的中国旧衣服，洋洋得意。

九月十八日（周二） 阴。风平浪静。

浏览左右岛屿。肠胃稍稍复元。

终日雨。甲板濡湿，心绪不畅。

九月十九日（周三） 微雨尚未止，天渐将晴朗。

> 一俟呆鸟①来热国，
> 闪电击碎青浪花。

午后四时顷，抵香港。船泊九龙。此处往来于香港间的

---

① 信天翁。

小汽轮络绎不绝,有如马关、门司。山巅层楼耸立,海岸杰阁栉比,景气非常。掷十钱至香港,至一日式旅馆鹤屋。污秽不堪驻足。食后逛 Queen's Road（路名）,归船。从船上眺望香港,万灯照水映空,与其说有如绮罗星群,毋宁说仿佛满山镶嵌宝石。仿佛满山满港,处处系上了 diamond（钻石）和 ruby（红宝石）项链。时为晚九时。

九月二十日（周四） 午前再至香港,登 Peak（山顶）。坐钢轨火车,被曳上坡度为六十度的陡坡。惊心动魄。从山顶环视,景色绝佳。复坐车归,车下陡急处时,颇觉难受。归船。午后四时启航。

九月二十一日（周五） 晴。

九月二十二日（周六） 阴。午时,行至距香港六百四十一海里之海面上。

九月二十三日（周日） 无事。今日周日,二等舱牧师照例唱歌说教。上等甲板也有德国人在说教，状若吵架。

九月二十四日（周一） 胃不适，下痢，颇难受。船当于今晚十时顷抵新加坡。

九月二十五日（周二） 黎明，抵新加坡。原以为此处颇热，不料非常凉爽，相当于东京九月末的样子。但是个阴天。土人驾圆木剜成的独木舟徘徊于船侧。一俟船客掷钱海中，即跃入海中捡起。

一土人口操日语，持日本旅馆松尾某之广告至。着人雇马车二辆，各二日元五十钱，至植物园。热带地方之植物，青翠欲滴，颇为美事。又观虎、蛇、鳄鱼。有 Conservatory（温室）。由此观览博物馆，不甚高明。归途至松岛，进午餐。浏览此处之日本街，但见从事丑业[①]之妇人徘徊街头。奇异之风俗。午后三时，复驱马车，归船已三时半矣。

[①] 指从事风俗行当。

九月二十六日（周三） 凉。

九月二十七日（周四） 朝抵槟城。因午前九时即离港，故不得上岸。雨。十时顷开晴。

九月二十八日（周五） 雨。

九月二十九日（周六） 阴。虽说是印度洋，可甲板上风势凛冽，寒意侵人。

九月三十日（周日） 无事。

十月一日（周一） 十二时顷抵科伦坡。众多黑人入船中，口口声声招徕船客。颇烦。其中有两三人，出示日本旧游者之名刺及推荐之类，乃替人作向导者。受其中一人之劝诱，上岸。至 British India Hotel（不列颠印度酒店）。不甚大，中流以下之旅馆而已。

驱马车前去观赏佛寺。有一舍利塔。塔上镶嵌着的，人称moonstone（月长石）。虽是旧迹，但长年任人撷取，今已毫不足观。且结构亦颇粗劣。途中遇土人掷花车中乞钱。且叫喊Japan，Japan（日本，日本）以乞钱。不胜其烦。佛寺内尤甚。一少女声称不取分文，非让人要她的花不可，强乞不休，无奈之下接过此花，当即逼人付钱。亡国之民，下等之人也。

观览成熟之香蕉树、可可树，颇美。道路之整饬，树木之青翠，草原之美丽，固非日本所可比拟。

六时半，归旅馆，晚餐进食当地名物咖喱饭，归船。作向导之印度人接待颇勤勉，然事后一看账单，却昂贵异常。导游费10 Rupee（卢比），马车二辆20 Rupee（卢比）。马车租金明显违反规则。然不知内情之旅客，任其开价，且愚不可及地为其写就推荐书，宁唯如此，且遗大患于后来之日本游览者。我等一行，实乃此类愚蠢及遗憾之事的酿制者也。

十月二日（周二） 一早即有骤雨袭来。耍魔术之印度人来甲板热心表演。与日本之豆藏①大同小异。只是笊篱中探出眼镜蛇，缠住人之手足，恰如熔印度魔术与日本豆藏于一炉。且与 Standard Dictionary（标准辞典）中之眼镜蛇画如出一辙。

十月三日（周三） 晴。无事。

十月四日（周四） 午前，坐椅子上看书。突然有一女子声，在喊"夏目先生"，惊讶一看，是 Mrs. Nott（Nott 夫人）②。说是因不见我去头等舱访她，故她来访我云。约我明日午后去喝茶后，遂离去。

十月五日（周五） 午后三时半，访 Mrs. Nott 于头等舱。女史极擅辞令，把我介绍给了诸人，然而彼等姓名我却

---

① 日本江户时代以变戏法、演杂技等到处乞讨的民间艺人。
② 夏目漱石在熊本时结识的一英国老妇人，漱石留学伦敦，她致信剑桥大学安杜尔兹氏，予以引荐。

一个都记不住。且皆称赞我英语娴熟。赧颜之至。女史音调低轻,且语速快捷得日本人都无法容忍,因难以听懂,只得闭口缄默。若随口应承,则有危险。颇惶恐不安。作杂谈,又向其请托抵达英国后所需之介绍信,归时已五时半。

十月六日(周六) 此两三日风波颇平稳。今晨殊静,宛若行走于镜面之上。印度洋亦殊出意外者也。颇思致书故乡,然惮烦而作罢。

　　云峦风不作,
　　沧海安然渡。

午后,见大鱼无数跃然波间。

十月七日(周日) 满月甚美。

十月八日(周一) 今日距去国已一月矣。午后当抵 Aden(亚丁)。夜,船抵 Aden。

十月九日（周二） 犹泊 Aden。

四处眺望，但见不毛之秃山峭壁景色颇为怪异。十时顷离港。初识非洲土人。相传庐舍那佛始元于兹，不可信。

十月十日（周三） 昨夜过 Babelmandeb（曼德）海峡，入红海。始觉热。是夜头等舱举办 ball（舞会），费辛费苦之事也。入 cabin（船舱），就寝。热，不可名状。

赤日落海中，
暑热来袭人。

海如烈焰燎，
日向红里染。

日从天际落，
暑自海底起。

十月十一日（周四） 昨夜入 cabin，就寝。苦热，不可名状。流汗淋漓，热得人失魂落魄。今夜犹然。黎明起渐凉。

十月十二日（周五） 秋气渐多。船客依然身穿白衣。至苏伊士以北，始觉寒意。夜观右岸之 Sinai（西奈）山。月亮尚未升起，故孰为云孰为陆，难以分辨。

十月十三日（周六） 朝九时顷，抵苏伊士。满目突兀不见一草一木。由此入运河。于苏伊士购得 *London Times*（《泰晤士报》）及两三种杂志，上载伊藤、山县①照片。又记有国内内阁更迭消息。

十月十四日（周日） 抵 Port Said（塞得港）。午前八时

---

① 伊藤博文（1841—1909），日本首相（1885—1888，1892—1896，1898，1900—1901）。执政期间发动中日甲午战争，强迫清政府接受《马关条约》。1909年在中国哈尔滨为韩国爱国志士安重根击毙。
山县有朋（1838—1922），日本首相（1889—1891，1898—1900），陆军将领。中日甲午战争时任第一军司令官、大本营监军，兼任陆相。1898年获元帅衔，再度组阁，任内日本参加八国联军侵华。

出航。由此入地中海。秋气满目，船客多扔去白衣。也有白衣外加穿外套者，颇奇特。

十月十五日（周一） 听 Bible 之 Exposition（《圣经》的"启示录"部分）。夜，与 Doctor Wilson（Wilson 博士）交谈。

十月十六日（周二） 海涛汹涌，心绪不佳。

十月十七日（周三） 听 Exposition。

薄暮抵 Naples（那不勒斯）。Konig Albert（船名）今晚十时发，前往横滨。船内有国人松本亦太郎[①]一行四五人。两船相泊，仅隔两三百米，欲加呼应，然因我船若干规定之故，不准上岸，以致未能前去探望友人。甚憾。

[①] 松本亦太郎（1865—1943），日本心理学家、美学家，留学德国，此时正坐凯尼西·阿尔贝特轮归国。后任京都大学和东京大学教授。

十月十八日（周四） 在Naples上岸。参观cathedrals（大教堂）、museum（博物馆）及Arcade Royal Palace（拱廊皇宫）各处。寺院颇庄严，气宇非凡之博物馆内，陈列名闻遐迩之大理石雕刻无数。且Pompeii（庞贝古城）之发掘物异常之多。Royal Palace（皇宫）亦颇美。道路皆以石头敷就。此地为进入西洋之第一口岸，故使人震惊如斯。

十月十九日（周五） 午后二时顷抵Genoa（热那亚）。街市华丽，背负丘陵而建。薄暮上岸，抵Grand Hotel（大饭店），甚宏壮。俨然有生以来第一次宿泊家屋。食事后，央人导游，散步市中。

十月二十日（周六） 坐午前八时半火车离开Genoa。乘旅宿处之马车驰至车站，虽颇气派，然不明车站内委细方位，四处乱转，洵可笑也。好不容易火车进站，正待上车，即因为客满而四处发生口角，束手无策。总算找到agent（代理人），以英语向其请求，终以客满之故，增加新列车，好歹得以乘上此车。然须在Turin（都灵）换车，故心中忐忐不安。好不容易抵达该地，至车站前旅馆进午餐，等待四时半发车。自 Genoa 上岸以来，可作如是观，一切如在梦中游荡。虽未至酿成大错，然尚在摸索中。

四时三十分顷，由旅舍掌柜送上火车。到处满员，无法上车。五人分散行动，方始勉强挤入。就中我由红帽子引领，急得乱转，茫然无措多时，直到最后一刻，才好不容易挤进洋鬼子人丛中。众人皆东张西望地看着我。此尴尬局面至 Modane（莫达纳）方告结束。据说入法国国境须在此检查行李，一到站，便心领神会地手提行李下车。甫一下车，孰知检查官是来车中检查，遂仓皇返回，一不相识之小子已泰然自若地占去了我的车席，我以英语申辩"此乃我之车席"，彼以法语道"汝无有一物留下，故我坐此矣"。意态傲慢。我遂不得入席。无奈之下，只得至藤代氏[①] 车席处，伫立走廊中。一状若列车员者旋至，手指比邻之房间，呶呶不休，不知所言何意，及一窥视，方知八人定员之房间中有一空席。此乃万幸。甫就座，同席之一行六人辈遂作詈骂

[①] 藤代祯辅（1868—1927），日本的德国文学研究者，后任东京大学教授。

状。然而我亦不甘示弱，置若罔闻，聊作耳边风。如此这般，直熬至东方既白。八时顷，总算抵达巴黎。出车站一看，莫辨东西，不胜惶恐。藤代氏以船中速成之法语，拽住一貌若警察者询问，此人极亲切，雇马车将我们送至正木氏①之宿处。正木氏正在英国旅行途中，未遇。渡边氏②在，招待早餐及午餐。平生第一次与法国人一起用餐。饭后复至车站，取行李回。晚餐去一饭店。有美女说英语者。夜归宿 Nodier 夫人家。乃渡边氏周旋借得之宿处。

十月二十二日（周一） 十时顷至公使馆访安达氏③，未遇。寻至其寓居，依然未遇。寻访浅井忠氏④，亦不在。只得归宿。午后二时由渡边氏陪同观看博览会⑤。规模之宏大，非有两三日工夫，难以遍览，甚至连方位也无法弄清。

---

① 正木直彦（1862—1940），后任日本东京美术学校（今东京艺术大学）校长。
② 渡边董之助，日本文部省秘书。
③ 安达峰一郎，日本驻法国公使馆三等秘书，后任大使。
④ 浅井忠，日本西洋画家，留学法国，后任日本京都高等工艺学校首席教授。
⑤ 为庆贺 1900 年举办的巴黎万国博览会。

登埃菲尔铁塔，归途在渡边氏处吃晚饭。随后至 Grands Boulevards（大道），目击繁华之貌。华丽之状，足有夏夜银座景色之五十倍。

十月二十三日（周二） 朝，樋口氏来。吃午饭。冈本氏来。晚餐吃日本饭菜。后至 Music House（娱乐场所名），又至 Underground（娱乐场所名）。归。凌晨三时归宅。巴黎之繁华与堕落，令人惊叹。

十月二十四日（周三） 十二时半，赴安达氏处，应其午餐之招请。六时顷归宅，在下宿处进晚餐。就寝。

十月二十五日（周四） 访渡边氏。后至博览会。看美术馆。因其宏大而不得遍览。日本展品最为粗劣。

十月二十六日（周五） 朝，访浅井忠氏。后偕芳贺、藤代二氏散步。冒雨还。樋口氏来。

十月二十七日（周六） 观看博览会。日本之陶器、西阵织尤放异彩。

十月二十八日（周日） 自巴黎出发①，至伦敦。船中多风，颇苦。晚抵伦敦。

十月二十九日（周一） 因冈田氏事，步行往伦敦市中。不辨方位。且因欢迎南非义勇兵归来，异常杂沓，竟致不知所措。夜，与美浓部②氏散步于杂沓之街市中。

十月三十日（周二） 至公使馆与松井氏会面。取 Mrs. Nott 寄来之书信、电报。

十月三十一日（周三） 游览 Tower Bridge，London

---

① 是日上午十时，漱石与藤代、芳贺等分手，从巴黎圣·拉萨尔车站出发，经迪耶普至英国纽黑文海路，晚七时余，抵达伦敦维多利亚车站。

② 美浓部俊吉（1869—?），日本东京大学法科毕业，明治二十九年派往欧洲各国考察工商业，归国后历任农商务省秘书、大藏省秘书及朝鲜银行总裁等职。

Bridge，Monument（塔桥、伦敦桥、纪念碑）。夜，与美浓部氏去了 Haymarket Theatre（剧院名）。Sheridan 之 *The Scholl for Scandal*（谢里顿的《丑闻学校》）也。

十一月一日（周四） 坐十二时四十分火车至 Cambridge（剑桥），访 Andrews（安德鲁）氏，因不知该大学情形之故也。二时抵达。氏不在。四时归宅云。即去市内散步，入理发店。四时与 Andrews 相会，吃茶。后访田岛氏。于 Andrews 氏处泊宿一晚。

十一月二日（周五） 由田岛氏陪同游览 Cambridge。四时在 Andrews 处吃茶。至田岛氏处，分袂。乘七时四十五分火车归伦敦。

十一月三日（周六） 游览 British Museum（英国博物馆）。游览 Westminster Abbey（威斯敏斯特大教堂）。

十一月四日（周日） 觅住宿。未果。

十一月五日（周一） 游览 National Gallery（国家美术馆）。游览 Westminster Abbey。前往大学。致信 Prof. Ker（科尔教授）①，请其代为介绍。

十一月六日（周二） 游 Hyde Park（海德公园）。Ker 有复信来，谓明日中午十二时来。

十一月七日（周三） 听 Ker 之讲义。

十一月八日（周四） 至公使馆领取学资。觅住宿。归宅。获 Mrs. Nott 书函及电报。即往 Sydenham（地名）。

十一月九日（周五） 观看 Lord Mayor（人名或剧名）的演出。返伦敦。至正金银行取钱。寄文部省会计课收据。另寄中央金库。

---

① 威廉·科尔（1855—1923），英国伦敦大学英国文学教授，文艺批评家。

十一月十日（周六） 觅住宿。决定十二日搬至 Priory Road（路名）①Miss Milde（Milde 小姐）处。

十一月十一日（周日） 游览 Kensington Museum（肯辛顿博物馆）。

十一月十二日（周一） 终于决定搬至 Priory Road（路名）。朝，至大学，听讲座。佛斯特博士讲。

十一月十三日（周二） 听 Ker 之讲座。

十一月十五日（周四） 终日与长尾②氏谈。

---

① 漱石抵达伦敦后的第二处宿所。位于伦敦北部"有如东京小石川"的一片高地，《永日小品》中《公寓》《过去的气息》诸篇有所述及。
② 长尾半平（1865—1936），由日占时期台湾总督府民政长官派往伦敦，租住于漱石下榻的同一公寓，以对交通事业的贡献及禁酒活动家知名。

十一月十六日（周五） 至 Pritchett（地名）。

十一月十七日（周六） 游 St. Paul（圣保罗大教堂）。

十一月十八日（周日） 写信。

十一月十九日（周一） 去 Holborn（地名）买书。

十一月二十日（周二） 买饼干，权当午饭。一罐为八十钱。

十一月二十一日（周三） 听 Ker 讲义。意趣横生。Craig（克莱格）① 有回信来。字迹潦草难辨。意谓有事商谈，请来一下。

---

① 威廉·克莱格（1843—1906），莎士比亚研究家。出生于爱尔兰。漱石自明治三十三（1900）年 11 月 22 日与他结识后，遂上他位于贝卡大街的家宅听他授课，直至翌年 10 月。可参读《永日小品》中的《克莱格先生》一文。

十一月二十二日（周四） 会 Craig。莎翁研究学者也。讲定一小时五先令。有趣的老爷子。

十一月二十三日（周五） 游 Hampstead Heath（地名）。甚愉快。

会警察。此人曾作为消防队员在日本逗留过。频频称赏日本。

十二月四日（周二） 去 Craig 处。

明治三十四年（1901）

一月一日（周二） 听取英国人关于裸体画之意见（从 Mr. Brett［布莱特先生］处）。得知英国何以少裸体画之缘由。

（从 Dalzell 氏及 Walker 氏处听得有关基督教之意见。）

一月二日（周三） 于 Tottenham Court Road Roche（地名），购约翰逊之英诗及戏剧。

一月三日（周四） 伦敦街头，雾日观日。黑赤如血。若非置身于茶褐色之大地，血染之太阳即无从观赏。

彼英国人让席于人。若我同胞，则我行我素，无话可说矣。

彼英国人主张一己之权利。若我同胞，则不愿为此劳神矣。

彼以英国为自豪。一如我同胞以日本为自豪。

谁人值得自豪，试想之。

一月四日（周五） 散步伦敦街市，试一吐痰，吐出者为一漆黑团块，颇讶之。数百万市民呼吸此烟煤之尘埃，彼等肺脏日日受其污染。擤鼻吐痰时心绪甚恶，颇畏之。

一月五日（周六） 在此煤烟中栖居之人，何以难解美之为何物，其因盖在于气候耳。因阳光微薄之故，人来人往中，但见迎面走来一身材低矮、衣着邋遢之人，颇觉讶异之际，不料乃是映在镜子里的自己的尊容。我等黄种人刚来到此地时，都会有这种莫名其妙之感。

洋行生的狂妄之言实不足信。他们将自己的所见所闻当作 universal case（常例）说与人听，孰料多半皆 particular case（特例）也。而此中多半，又多自吹自擂，好摆西洋通架子之徒。彼等之于洋服，不辨嗜好与流行之区别，唯以自己所穿之洋服，价较他人为贵，且能投合时好者，遂视为品质之最佳，却不料恰好让洋服店给诳上一遭。身穿此等洋服，犹自洋洋得意，嗤笑其他日本人，其愚甚矣哉。

一月七日（周一） 是日始见伦敦之雪。甚寒。

一月八日（周二） 雪未消融。午后起，又下起雪来。

一月九日（周三） 雪止。天犹阴。见煤灰掩雪。俨若阿苏山下之灰。午前换房间。

一月十日（周四） 朝，雪晴，心绪爽朗之天气也。独自去野外散步。温风拂面如春。伦敦及 Denmark Hill（山名）附近颇闲静，聊足唤起风雅之心。今日及此前与长尾氏散步至 Hampstead Heath（地名），是我来伦敦后最愉快的两天。

一月十一日（周五） 昨晚观看 Kennington（伦敦南部地名，亦为剧院名）之 *Pantomime*（剧名）。滑稽与日本之圆游①颇相类。有趣。绮丽不让 West End theatres（伦敦西

---

① 三游亭圆游（1849—1907），日本落语家，大鼻子，故有鼻子圆游之称。

区戏院）。且是 best seat（上座），价颇廉。

有人不识自己不谙英语，却去嗤笑他人之英语。常常是被嘲笑的倒并没有错，错的却是嗤笑者。自以为西洋通的狂妄之徒，盖此类之辈耳。

一月十二日（周六） 我以为，一个英国人，文学上的知识必在我辈之上。彼等大多因操劳家业，无翻阅文学书之余裕，甚或连报纸都无暇一读。然稍一交谈，即能明了。毕竟不能说其对本国文学不知其故，只是因为繁忙，无暇读书，才支吾搪塞或不懂装懂的。盖因彼等胸中，深以输给日本人为耻之故也。我则随口转移话题，说了些托福的话，意在避开让对方觉得困窘之事。我认识一女士乃一中产阶级之成员，然其对文学之事却一无所知。我在大学里尝见女生课后向教授请教 Keats（济慈）及 Landor（兰道）之拼写。跟房东家老爷子一块儿去看戏，演的是 *Robinson Crusoe*（《鲁滨逊漂流记》），老爷子问我："此戏果有其本事？抑或是编小说？"听我答曰"当然是小说！"便道："我亦作如是想。"我说起那是十八世纪完成的一部著名小说，他回道"是吗"

便马上换了个话头。他的夫人办着一所女校，算是有点教养的人，文学上也只是读过那么一两册小说，却因此而显得趾高气扬，好像无所不知似的。她明明知道我一碰到艰深些的字词就会茫然失措，却偏要把一些我无从判断的字词夹带进来，然后一一加以盘问："你可知道这个词的意思？"对此我只得三缄其口。文学仅知当今Ouida（维达）①或Corelli（科雷利）②之名，未必就是下贱。中下之人，若非笃志，概如斯矣。彼等会话因是其本国语言，故而我辈即便竭尽全力，仍难以望其项背。然所谓cockney（伦敦东区口音）并非高雅之语言，且不易听懂。来伦敦者，须明此理才是。伦敦之上流语言，则既吐属清晰，又措辞高雅。如standard（此指标准英语）之类，大抵明白易懂。故而与西洋人交接时，不可盲目信从，更不可起盲目畏惧之心。教授乃博学之士，但即便如此，对提出之疑难，尚且常常感到为难。

　　浓雾，有如春夜朦胧之月。市内皆点烛歇业。至长尾氏

---

① 本名玛丽亚·露易斯·德·拉·拉梅（1839—1908），英国女作家，笔名维达。
② 玛丽·科雷利（1864—1924），英国女作家。

处。在门野氏①处吃牛肉锅，极鲜美。晚十一时顷归宅。

一月十五日（周二） 去 Craig 处。

一月十七日（周四） 伦敦流行帽身呈圆筒形的大礼帽与 frock-coat（双排扣常礼服）。这中间还有人头戴像是从捡破烂那儿要来的帽子，走在路上。想来当是英国流浪汉无疑。

后面草原上落下大群前来觅食的鸟，状类栗耳短脚鹎，跟女仆打听鸟名，答曰"雀"。伦敦，就连麻雀都要比别处来得大。

一月十八日（周五） 普通英国人中，读错 accent（重音）及搞错 pronunciation（发音）者，殊不少见。日本人自然是勉强不得。可日本人英语本就贫乏，语调无有优势也。变则流。学问见识因此而被人看轻，实遗憾之事矣。一如字

---

① 门野重九郎（1867—1958），日本东京大学工科毕业，留学欧美，时为大仓伦敦分号负责人，后任日本商工会议所会长。

写得蹩脚，人便不免让人小瞧三分。

一月十九日（周六） 飨长尾氏。自中午十二时半顷谈至晚九时半顷。甚愉快。

一月二十日（周日） 与 Mr. Brett（布莱特先生）及犬一起散步。

一月二十一日（周一） 因女王危笃，众庶皆蹙眉。

一月二十二日（周二） The Queen is sinking（女王病危）。上 Craig 处。《ホトトギス（Hototogisu）》① 寄达。子规② 犹在人世。

---

① 日本一流俳句月刊。明治三十（1897）年一月由柳原极堂在松山创刊，发行至二十号即中辍，翌年十月在东京复刊，由高滨虚子主编，竭力提倡子规派的俳句，极为世人所重视。
② 正冈子规（1867—1902），日本俳人、歌人。出生于伊予（今爱媛县）松山。本名常规，别名獭祭书屋主人、竹之里人等。（转下页）

一月二十三日（周三） 昨晚六时半女王逝世。Flags are hoisted at half-mast. All the town is in mourning. I, a foreign subject, also wear a black-necktie to show my respectful sympathy. "The new century has opened rather inauspiciously," said the shopman of whom I bought a pair of black gloves this morning.（降半旗。城镇都在悲泣。我，一个外国人，也戴了一条黑领带，以表哀悼。"新世纪开始得不太吉利。"今晨我从商人那里买黑手套时，他这么说。）

一月二十四日（周四） Edward VII（爱德华七世）宣布即位。妻信来，报家中平安。写回信。晚，去洗澡。

终日未散步，肠胃功能不佳。每一散步辄须花钱两元后

（接上页）东京大学退学后，曾入日本新闻社，后以俳句为终身事业，熔谷口芜村的句风、坪内逍遥的写实和新派画家中村不折的写生于一炉，力主客观写生与印象明显，提倡俳句革新，推重谷口宪村甚于松尾芭蕉，对宗匠芭蕉发难的《芭蕉杂谈》有俳坛《小说神髓》之称，意在矫正陈陈相因的时风。著有《寒山落木》《竹之里歌》《獭祭书屋俳话》《仰卧漫录》等。门下有伊藤左千夫、长冢节、高滨虚子及河东碧梧桐等。子规殁后，高足碧梧桐和虚子各有主张，遂分为两派。

始归，此实为难之事矣。

一月二十五日（周五） 寄妻回信。妻信嘱托小女①出生后取名事。

西洋人颇惊讶于日本之进步。惊讶是因为迄今为止，对日本心存轻蔑之人依然举止言行傲慢自大，故有惊讶之表示。大部分人则是既不惊讶，又一无所知。真正让西洋人敬服，则不知要到何年之后。对日本和日本人有兴趣者本来就少，像备极无聊的公寓房东家老爷子之类，不仅对日本毫无欣赏之心，还时常流露轻蔑之色，我若一个劲儿夸大其辞，把自己及自己的国家说得神乎其神，那在对方看来只会越发觉得你这是在取笑他。即便只是说些冠冕堂皇的话，一旦超出对方的知识范围，不仅无从通晓，进而还会被人视作conceit（狂妄）。唯有三缄其口，默默苦干而已。

一月二十六日（周六） 女王遗骸，通过市内。

---

① 指次女恒子的出生。

一月二十七日（周日） 大风。

夜，于公寓三楼细细寻索日本之前途。日本唯有认真之一途。日本人唯有把眼睛睁得更大才行。

一月二十八日（周一） 昨日为女王逝世后第一个周日，诸院皆奏 Handel（亨德尔，作曲家）之 *Dead*（《死亡》），响彻丧钟。是夜钟声频仍。

我所在的公寓房主的妻子和她妹妹，都还未曾乘坐过 Twopence Tube（票价两便士的地铁）。女佣除这个家四周，之外则是一无所知。外国竟亦有如斯者，我等对伦敦之知悉程度远在彼等之上，绝非诳语。万岁。

一月二十九日（周二） 至 *Craig* 处。酌写 *King Lear*（《李尔王》）之 Introduction（介绍）。归途观赏 Water Colour Exhibition（水彩画展）。画题笔法投我所好者，胜出油画者甚多。因其类近日本画之故耶？为日本之水彩画所远远不及。随后观赏 Portrait Gallery（肖像画廊）。一妇人有奇异之风味。诸人嘲笑之。此即英国之 civility（礼貌）耶？可厌。

归宅。再出。入浴。是日大风。晴天。

一月三十日（周三） 好天。遇见不识世事之英国女子真让人头疼。有一老太太问我："superstition（迷信）这个词，你可认识？"公寓老板娘则问我："你知不知道 tunnel（隧道）这个词？"令我愕然无语。

一月三十一日（周四） 公寓老板娘如是说："你这般用功，回到日本后一定能赚上大钱吧？"好笑。

二月一日（周五） 朝至 Dulwich（地名），观赏 Picture Gallery（画廊名）。至此始知毕竟是英国，风流闲雅之趣不让他人矣。

  画展询游人，

  何处觅烤栗？

二月二日（周六） 为观 Queen（女王）葬礼，朝九时即偕Mr. Brett（布莱特先生）出门。

由Oval（地名）坐地铁至Bank（地铁站名），然后换乘Twopence Tube（两便士地铁）。房东谓Marble Arch（地铁站名）下车人多拥挤，故于Next station（下一站）下车为宜。遵从其言，入Hyde Park。果为名不虚传之大公园，人山人海。园内树木皆结果实。好不容易来到一条大路上，一无足观。房东让我骑坐在他脖子上，这才得以看见送葬行列胸部以上的部分。灵柩为白底之上掩以红色。King、German Emperor（国王、德国皇帝）等紧随其后。

二月三日（周日） 去Dulwich Park（公园名）散步。广袤，有池，多家鸭。绅士淑女颇多。

二月四日（周一） 同公寓一女房客，一日五餐。日本春米的，也就一日四顿饭而已。真让人惊讶。其代价则是从早到晚忙碌个没完。

二月五日（周二） 至Craig氏处。付谢仪。归途买

Don Quixote（《堂吉诃德》），Warton 之 *History*（《历史》）等。价约四十日元。颇愉快。今日得藤代信。晚偕田中①氏入浴。

二月六日（周三） 昨晚给德国藤代及故乡中根的母亲②写信。一时顷就寝。今朝咽喉稍感不适。逾十二时出门购物。费十余日元。昨日买的书送到。房东老板娘问道："这等旧书，你从何处购得？"

二月七日（周四） 山川③寄贺年信来。菅④也有贺年信来。与诸氏久疏问候，抱歉。近日得写回信才是。

二月八日（周五） 朝入浴。晚七时，偕田中氏往

---

① 田中孝太郎，日本实业家，此时在伦敦贸易实习，与漱石住同一公寓。
② 中根胜子，漱石岳母。
③ 山川信次郎，日本东京大学英文科毕业，低漱石一级，为漱石任教第五高等学校时的同事。
④ 菅虎雄，漱石友人，第一高等学校德语教授。

Metropole Theatre（戏院名）。观名为 *Wrong Mr. Wright* 之喜剧。自始至终诙谐有趣，且谑而不虐，兴味尤多。

二月九日（周六） 今日午前九时至中午十二时半顷，给山川、狩野①、菅、大冢②四人写信。因联名之故，写得甚长。

向导问 Craig 氏喜不喜欢雪，氏答曰极讨厌。问何故，答曰泥水肮脏不洁。又答曰，泥水人人嫌厌，可雪为 poet（诗人）所钟爱。Craig 是个热心谈论 nature（自然）的人。

二月十日（周日） 偕田中氏至 Dulwich Park。又穿过公园门，至 Sydenham，返回。路途泥泞，甚窘。

二月十一日（周一） 至 Brixton（地名）。丝帕珞③小.

---

① 狩野亨吉（1865—1942），日本哲学家，漱石友人。曾任京都帝国大学文科大学长。
② 大冢保治（1868—1931），日本美学家，漱石友人，东京大学教授。
③ 房东布莱特夫人的妹妹。

姐颇内向，神经质。据说家中一有来客便弹不成钢琴，故考试始终未能及第。

二月十二日（周二） 至 Craig 处。请托其添删文章。甚望 extra charge（额外收费）。好生卑贱也。归途于 Charing Cross（地名）购旧书。一周前所出 catalogue（图书目录）中之欲购者，大多已告售罄。究系何人所购耶？伦敦真乃大码头也。购得 Mackenzie（人名）三卷及 Macpherson（人名）之 *Ossian*（《奥西恩》），归。

二月十三日（周三） 在 Camberwell Green（地名）购得插图花草书两册，十先令。寄铃木①信。小儿旋转陀螺多只。熊本陀螺颇单纯，只是在芜菁木中间贯一铁轴，与西洋陀螺各尽其妙。

偕公寓全体成员参观家犬评比会。天气不佳，下雪。当地人对天气漫不经心。颇近禽兽。

---

① 铃木祯次，日本建筑家，漱石夫人的妹夫。

And on the bank a lonely flower he spied,

A meek and forlorn flower, with nought of pride,

Droopig its beauty o'er the watery clearness,

To woo its own sad image into nearness.

（他凝视着河岸上一朵孤零零的花儿，

柔弱的无依无靠的花儿，没有尊严，

在水一般清澄中低垂着美丽，

为了更接近自己悲伤的影子。）①

——Keats（济慈）

有趣之诗句也，故抄于此。

二月十四日（周四） 今日爱德华七世发轫，国会开院式颇起骚动。此间因 Victoria（维多利亚女王）葬仪，噤不得发，故有此不满。上 Brixton 散步，归。昨日售我旧书

---

① 摘自济慈长诗《我踮脚站在小山上》("I Stood Tip-Toe Upon a Little Hill")。

Camberwell 之老爷子，谓不生炉子寒甚，故点瓦斯灯以御寒。每次见到这老爷子和他雇的一身蓝衣服的伙计，便不由会想起 Scrooge 与 Bob① 来。

二月十五日（周五） 公寓饭菜颇劣。前一阵因入住之日本房客颇多，故稍有改善，但近来又有渐次变劣之势。一周 25 先令尚不足言奢侈，然于家计似颇不如意。可怜可怜。

二月十六日（周六） Mrs. Edghill② 处送来 tea（茶会）之 invitation（请帖）。只好赴会。殊不情愿矣。

上 Peckham Road（路名）散步。归途失道。坐 bus（公交车）归。

晚，由田中氏邀至 Kennington Theatre（戏院名）观剧 Christian（《基督徒》）。不甚感佩。

二月十七日（周日） Snow storm（暴雪）。稍后即止。

---

① 狄更斯《圣诞颂歌》中的主人公和他的仆人名。
② Edghill 夫人，经常以茶点招待漱石，并向他灌输基督教的说教。

伦敦遇雪，至此已四回矣。偕田中氏至 Brixton。

二月十八日（周一） 走在街上，遇见的尽是些令人生厌的脸，没一张脸是招人喜欢的。也找不到一个拖鼻涕的小孩。

前天在 Brixton 购物，店主谓我"真是个好天！"，天气的确好到了极致。不胜感谢之至，日本的晴天也一并拜托了。

今日去理发店。后去 Denmark Hill（山名）散步。自五时顷起，与公寓里的女房客交谈。

二月十九日 （周二）

A thing of beauty is a joy forever:

Its loveliness increases; it will never

Pass into nothingness; but still will keep

A bower quiet for us, and a sleep

Full of sweet dreams, and health, and quiet breathing.

（美的事物是一种永恒的愉悦：

它的美与日俱增；它永不湮灭，

它永不消亡；为了我们，它永远

保留着一处幽境，让我们安眠，

充满了美梦、健康、宁静的呼吸。）①

——Keats 如是想。

去 Craig 处。三时顷太阳突然 strike（罢工），市中一片昏暗。

二月二十日（周三） 以 George Meredith② 事询之 Craig，竟一无所知。作种种辩解。并非非得悉读英语书籍不可。无须感到羞耻。

给故乡妻子写信。晚，收到虚子寄来的《ホトトギス》四卷三号。甚喜。夜读《ホトトギス》。

二月二十一日（周四） 雪纷纷扬扬。时钟为三时。虽

---

① 摘自济慈长诗《恩弟米安》（"Endymion"），中文版由屠岸翻译。
② 乔治·梅瑞狄斯（1828—1909），英国作家、诗人。

不情愿，但还是得去Dulwich那儿一趟。冒雪出门。到达目的地时看了看钟表，早了足足三十分。雪越下越大，无奈之下权作赏雪，在附近随意走走；好不容易挨到了点，这才冻得硬邦邦地进了门。刚进门，让一声"这边请"给吓了一跳。狭窄的drawing room（客厅）里，半打身材苗条的小姐站在那儿迎接我。百般无奈之下落座在了椅子上。左右看去，尽是陌生女子，就连家中妻室也是不相识之女子。即便对从未谋面的日本人，外国人也喜欢用"at home（在家）"一词来称谓，虽觉粗俗却又奈何不得，人家这般称谓大概也有他的道理，咱也就按理行事。请用茶，说上几句套话，这当儿主人便走了出来。白发，秃顶。看上去不太和善。妻室颇姣美，说一口典雅的英语，很快便回里边去了。纯粹是消磨时光。西洋社会甚愚，如此死板不通融之社会，不知究系何人造出，何等之可笑矣。雪犹未止，归家，与寓中之人玩扑克及domino（多米诺骨牌）。后回房间，然无心读书。点暖炉，做首引①，花去三十分钟，这才就寝，益愚。

---

① 脖颈套上绳子互相牵拉的游戏。

二月二十三日（周六） 昼上街市，与田中氏同道至 Charing Cross。于 Her Majesty Theatre（戏院名）观看 *Twelfth Night*（《第十二夜》）。装饰之美，服装之丽，足以炫人眼目。座无虚席，皆告售罄。无奈之下，只得在 Gallery（此处指戏院顶层站票）观看。

寄 Mrs. Nott 信。

又寄高滨① 明信片。

二月二十四日（周日） 晚，与布莱特交谈，彼谓日本人种须得改良，是否可以奖励其与外国人结婚云。

二月二十五日（周一） 松本氏寄来七言律诗。

出门时，清道夫向我道安，小女孩口称 "Good morning（早上好）"，彬彬有礼向我弯腰致礼。前者意在索钱，后者

---

① 高滨虚子（1874—1959），日本俳人，小说家。子规高足之一。《ホトトギス》主编。主张歌咏花鸟的客观写生。漱石留学伦敦期间写的《伦敦消息》及归国后写的《我是猫》等，均经由虚子之手揭载于此刊。作品主要有《五百句》《虚子俳话》及写生文式小说《俳谐师》《风流惭法》等。

则用意不明。

今晚准备换衬衣及白衣领。

二月二十六日（周二） 至 Craig 处。还日前所借 Shelley Society（学会名）之 Publication（出版物）二册。晚至 Kennington 之 Theatre。观众甚夥。剧名为 *The Sign of the Cross*（《十字标志》），系 Rome（罗马）之 Nero（尼禄）依据耶稣教征伐之事改编而成者。服装颇可参考，饶有意趣。

二月二十七日（周三） *Hundred Pictures*（书名）之 Part I（第一部分）来。以 17 parts（十七部分）当可完结。

二月二十八日（周四） 至 Herne Hill（山名）。

三月一日（周五） 至 Brockwell Park（公园名）。归途遇 shower（阵雨），浑身湿透。归来换衬衣及其他。晚入浴。是夜作妄想之梦。乃浴后即就寝之故耶？

三月二日（周六） 至 Elephant & Castle（地名）。渐成春日之气候矣。

是日乃抵伦敦以来之好天气也。然好天气终难持久。渐近 April shower（四月雨季）矣。

三月三日（周日） 散步 Brixton。

三月四日（周一） 又至 Brockwell Park（公园名），观花园，循绕泉水一周。观赏苇芽之青碧。又观赏桃之花蕾。愉快之至。归，吃午饭，汤一盘，cold meat（冷盘肉）一盘，葡菁一盘，蜜柑一，苹果一。

三月五日（周二） 至 Craig 处致谢。先生看我文章后大加赞赏，然议论似有未妥处，稍有吹毛求疵之嫌。借得 Shelley Society 之 Publication 中 W. Rossetti（人名）之 *A Study of Prometheus Unbound*（《"解放了的普罗米修斯"研究》）归。归途购 Knight（人名）之《莎翁集》，加上其他书籍，费五十日元。近来天气阴晴不定，似乎所谓 April shower 已经来临。书店老板说："这天气好生讨厌，可对书呆子说来也许正得其宜。"是日在 Baker Street（街名）吃午饭，肉一碟，芋、菜、茶，各一碗，糕点二。付一先令十便士。晚入浴。

三月六日（周三） 仍上 Denmark Hill 闲逛后，归。据说此处为 Ruskin（罗斯金）①父亲之住家。究系何处耶？

在英国，女子醉酒并不稀罕。Public House（娱乐场所名）等处，乃醉女成群之地。

三月七日（周四） 是日更换衬衫衣领。

晚偕田中氏至 Drury Lane Theatre（戏院名），为观 *Sleeping Beauty*（《睡美人》）也。此剧去年圣诞节上演，为 pantomime（哑剧）中颇有名者。其规模之大，装饰之美，舞台道具变幻无穷，演员往来不暇及人数之众多，服装之美，实非纸墨所能穷尽。天上之境，极乐之境，或较之画幅

---

① 约翰·罗斯金（1819—1900），英国文艺批评家、社会思想家。

上之龙宫，不啻华丽十倍。不由念及天花板上画着的观音菩萨之类的仙女画。又复有佛经中之大法螺即近在眼前之感。及 Keats、Shelley（济慈、雪莱）诗中之 Description（描写）复又重现之感。实销魂之至。乃有生以来第一次所见之华美者矣。

三月八日（周五） 在英国，即便是雨天，街市之热闹及上剧院之人数也丝毫不减平日。日本人则畏雨。莫非此乃日本好天居多，日本衣服经不起雨淋，日本路修得马虎，以致非穿木屐不可所致？

三月九日（周六） 今天是邮政日，寄正冈美术明信片十二枚，给妻写信以通消息。读 Lang 之 *Dreams and Ghosts*（《梦与幽灵》）。

三月十日（周日） 偕田中氏去 Vauxhall Park（公园名）散步，由 Clapham Common（地名）至 Brixton，归。晚从布莱特学诗：

Red sky at night

Is the shepherd's delight.

Red sky in the morning

Is the shepherd's warning.

Morning red and evening gray

Send the traveller on his way.

Morning gray and evening red

Send the rain on his head.

（傍晚，那红色的天空，

是牧羊人的喜悦。

早晨，那红色的天空，

是牧羊人的提醒。

早晨红色，夜晚灰色

将旅人送上征程。

早晨灰色，夜晚红色

将雨水洒上他的头顶。）

三月十一日（周一） 今日，樱井①氏自熊本寄信来。落款一月二十五日也。京都大学蒲生②亦有信来。落款为一月三十一日。樱井氏信中言及 Brandram 氏发狂事，彼已于送往香港途中死去云。不胜遗憾。

三月十二日（周二） 换白衬衣、衬裤、紧腿裤。

至 Craig 氏处。归途由 Bond St.（路名）至 Piccadilly（地名），至 St. John's Park（公园名）。绿草坪中络绎不绝冒出金黄及淡紫之 tulip（郁金香），煞是好看。

西洋人性喜浓艳，性喜华丽。观其戏剧即可知晓，观其食物即可知晓，观其建筑及装饰即可知晓，观其夫妇间接吻拥抱即可知晓。此皆文学上回光返照使然，而少洒落超脱之趣，少骋目天外之气魄，又少笑而不答心自闲之趣。

三月十三日（周三） 昨日，山川明信片来，报知妻生产（一月十六日）消息也。山川信落款一月二十八日。

---

① 樱井房记，时任第五高等学校教头。
② 蒲生紫川，漱石任教第五高等学校时的学生。

午后四时顷，与布莱特夫人谈，询问往昔交际社会之陈年旧事。英国视为品行不端者，在日本是有过之而无不及。

三月十四日（周四） 走上污秽不洁的大街，总会看到盲人在弹风琴，黝黑的意大利人在拉小提琴，一旁有个四岁左右的女孩，穿一身鲜红的衣裳，戴着鲜红的头巾，在和着音乐跳舞。

公园里郁金香开得分外旖丽。一旁的长凳上是昼寐的乞丐，肮脏不堪。真乃鲜明之 contrast（对比）。

三月十五日（周五） 一见到日本人，即让人称作中国人，其厌如何？中国人乃远较日本人有声誉之国民也，只是不幸，时下正沉沦于不振之境。与其让人看作日本人，有心人当以被人称作中国人为荣才是。稍作思忖吧，若非如此，纵令你是日本，也将不知遭遇到多少中国之厄境！据说西洋人之言谈，动辄嫌厌中国人，而待日本人则甚厚。闻此而窃喜，因邻居厚待自己，遂将其中伤他人视为有趣，并对其恭维自己而心存感激，此实轻薄之根性也。

三月十六日（周六） 据说日本是三十年前觉醒了的。然则此乃闻警钟而急急跃起耳。此觉醒并非真觉醒，乃惊慌失措之举也，一味急于吸收西洋，以致无暇消化矣。文学、政治、商业，无不皆然。若无真觉醒，日本无救矣。

今日偕田中氏往 Metropole Theatre（戏院名），观喜剧 In the Soup 也。Raiph Lumley（人名）作。因喜剧无端涨价，只得徒步矣。

三月十七日（周日） 更换衣领、白衬衣。

昼与田中同道至 Kew Garden（邱园）。暖室甚夥，美事矣。且有颇宽敞气派之 garden（花园）。入 Kew Palace（邱宫）。

三月十八日（周一） 岳父中根①信来，告知恒子出产。

地球旋转不息于吾人睡眠之间，吾人劳作之间，吾人行屎送尿之际。旋转不息于吾人无知无觉之间。命运之车与之

---

① 中根重一（1851—1906），曾任日本贵族院书记官长等职。

一同旋转不息。于此无知者危,知者得以形塑命运。

三月十九日(周二) 至 Craig 氏处。付谢仪。晚入浴。购烟四盒。

三月二十日(周三) 去 Camberwell 之 Park(公园)散步。风雨激骤。

接妻二月十日信。

三月二十一日(周四) 金泽藤井氏信来。委托购书事。文部省汇款未寄到,大困惑。

英人自视天下第一强国。法人亦自认天下第一强国。德人亦作如是想。彼等未能记住以往之历史。罗马亡矣,希腊亦亡矣,岂今之英国、法国、德国独无亡期耶?日本于以往则有比较完满之历史,于今则有比较完满之现在,未来当何以自处?勿自鸣得意,勿自暴自弃,默默劳作如牛,孜孜不倦如鸡耳。自虚其怀,不事张扬。诚其思,实其言,挚其行。汝于现今播种,终当有汝收获之未来出现矣。

三月二十三日（周六） 晚至 Metropole Theatre，观 *The Royal Family*（《皇家》）。颇饶趣味。

明晨更换白衬衫衣领、鞋袜，作准备。

三月二十四日（周日） 至 Balham（地名）访 Ihara 氏。不在。至 Clapham Common（地名）访渡边，又不在。偕田中同行。

三月二十六日（周二） 至 Craig 处。晚，井原氏来，招待晚餐。得巴黎长尾氏书函。

三月二十七日（周三） 得立花[①]寄自常陆丸之书函，述因病归国事由。即趋访之。容态不佳。陪同医学士望月、渡边二氏至 British Museum 及 National Gallery。据二氏所言，立花之病似已无望矣。不胜怅恨。晚，渡边氏来。领事馆诸井氏来，为 examiner（主考官）一事。

---

① 立花铣三郎（1867—1901），日本文学研究者。漱石友人。留学柏林，归国途中，病殁于中国东海上。

三月二十八日（周四） 朝，长尾信来。晚，写回信。系借钱事。

是日入浴。晚与洛瓦特小姐作乒乓之游戏。因多忙故，谢绝井原氏晚餐招请。

三月二十九日（周五） 购 Karlsbad① 矿泉盐一瓶。入夜后，领事馆有电报来，被 appoint（任命）为 Glasgow University（格拉斯哥大学）② 之 examiner。即出试题送领事馆。井原氏明信片来，遗憾云。

三月三十日（周六） 换白衬衫领。近来天天刮风。昼观 Hippodrome（竞技场）。出 Twopence Tube，即不辨方位，步行去了相反的方向。后乘 cab（出租车），至 Hippodrome 时，因座无虚席，付了 5 个先令。观 Cinderella（《灰姑

---

① 捷克斯洛伐克一地名的德文拼法，该地以出产矿泉盐而知名。
② 苏格兰格拉斯哥大学经由日本领事馆诸井六郎，委任漱石为日本留学生试题委员会委员，支付酬金四镑四先令，这也是漱石伦敦留学期间的唯一一笔临时收入。当时一镑约折合十日元，漱石的留学费用为每月一百五十日元。

娘》)。观狮子、虎、白熊等。归乘 bus（公交车），车中有三人，一人为麻脸。答复 Glasgow Unv.（格拉斯哥大学）秘书 Clapperton（人名），同意有关考试之事宜，同时将试题送至 Addison（人名）处。时为九时半也。

三月三十一日（周日） 偕田中氏至 Brockwell Park（公园名），一对男女称我俩一为日本人，一为中国人云。

四月一日（周一） 朝起，去用早餐时，收到长尾寄自 France（法国）的汇票。上正金银行办理手续，为将八十镑中的七十镑送至巴黎也。得 Fardel[①] 信。正冈与夏目兄[②] 也有信来。上理发馆，与德意志人理发师聊谈日本。

四月二日（周二） 至 Craig 氏处。归途于 Charing Cross 逛旧书店，所买两三册书中有 1820 版 Miss Burney（伯尼小姐）之 *Evelina*（书名）。在马车上，与一游览过日

---

① 当时第五高等学校的外籍教师。
② 夏目直矩，漱石三兄。

本的西洋人攀话。入浴。故里包裹寄达。发 Milde 及山田氏信。

四月三日（周三） Glasgow University appoint examiner（格拉斯哥大学任命主考）之旨，作公然通知。

四月四日（周四） 房东夫妇 Easter Holiday（复活节假期）去故乡。留其妹一人在家。此人不喜娱乐，虽贫，却日日用功不辍。问及："如此度日愉快否？"她则答曰："非常幸福。"问何以如此，答曰信仰宗教之故也。令人肃然起敬。

田中氏妻致信田中氏，述及田中氏在外留学期间，其昔日老师曾前去造访，与其父对谈时问及"您儿子准备在外国滞留几年"，其父答曰："二三年。"昔日之老师则曰："既已成行，当以五六年为宜。"其妻暗闻此言，甚感伤悲，故来信一诉衷曲。以上乃田中所讲述之故事。妇人之情、旧时先生之风跃如，宛如小说。

四月五日（周五） 今日 Good Friday（耶稣受难节），

市中大多休业。终日未出家门,读 *Kidnapped*(《诱拐》)。五时半至 Brixton,归。往来之人均身穿出门衣装,有洋洋自得之色。吾辈之西装略略黯然失色,外套至今未能缝就,脸作黄色,个子又矮,细细数来,实无得意之本钱。

归公寓,照例饮茶。今日唯留吾辈一人,谁都不在。在公寓得食面包一片,幸甚。面包稍次。

四月六日(周六) 今日无事。过节,家中无人,九时半顷终于听得铜锣声,下楼吃早餐。田中氏嗣后作二日之旅行。昼,仅余丝帕罗小姐及我二人。后在 Elephant & Castle 逛旧书,因囊中羞涩空手而归。饮茶时,丝帕罗询及日本婚礼葬仪诸事,一一为之说明。今日在 Camberwell 行走时,二女子目余为 least poor Chinese[①]。

四月七日(周日) 更换白衬衣领。

自 Denmark Hill 归来,途经 Green(地名)时,至

---

① 二女之语意谓"这中国人看上去并不怎么寒酸"。

South L. Art Gallery（画廊名）。观赏 Ruskin 及 Rossetti① 之遗墨，趣味盎然。

四月八日（周一） 自 Kennington 至 Clapham Common，归。得 Mrs. Edghill 信。十七日茶会之通知也。

四月九日（周二） 今朝，从田中氏处索得 Shakespeare（莎士比亚）之 Bust（胸像）。至 Craig 氏处。归。得山川明信片。Rev. P. Nott 突来造访，盖为明日午后四时 Walker 氏家中茶会招请通知事耳。晚九时顷，将接受邀请之旨告知 Mrs. Edghill。嗣后写致正冈长信。

四月十日（周三） 午后三时至 St. James Place（地名）Walker 氏处，与 Mrs. Walker，Mr. and Mrs. Nott（Walker 夫人、Nott 夫妇）一起喝茶聊天。归宅。正金银行电报汇

---

① 丹特·加布里埃尔·罗塞蒂（1828—1882），英国画家、诗人，"拉斐尔前期画派"的代表性人物。其故居前庭的喷水池上立有他的胸像。

款来。

四月十二日（周五） 至 Elephant & Castle，购得 1789 年出版之 *Cowper*（书名）。

四月十三日（周六） 雨。再至 Elephant & Castle，购 Smith 之 *Bible Dictionary*（史密斯《〈圣经〉辞典》）及其他。中有 1679 版 Spenser（斯宾塞，英国诗人）之 Works（著作）。凡三十三日元也。是日，田中氏迁居 Kensington。

四月十四日（周日） 上街散步，去公园，遇一形貌肮脏之觊觎者，未闻其以恶语相向，殊感敬服也。

四月十五日（周一） To give the lie（说谎）乃大失敬，使人蒙受耻辱者莫甚于此矣（参照 G. Meredith 之 *Rhoda Fleming* 及 *Catriona*）。Gentleman（绅士）之信用存于兹。日本人如何？询及"您年龄几许"时，若据实回答，对方便会脸作微妙之色，似有未说实话之嫌。询者既不觉其为失敬，答者也多半不说实话也。信义与双方均不沾边。而西方人同样也有不说实话之时，言不由衷之恭维话是也。

西洋之 etiquette（礼节），难矣哉。日本则相反，全无礼仪可言。以讲理防备放任自流，但又不免 artificiality（人工、不自然）。日本无礼仪，然而有 artificiality，且有与粗野无礼结伴而来之 vulgarity（粗俗语言、行为）。礼仪虽缺，spontaneity（自发性）尚存，犹情有可原。无其利却有其弊，且兼有礼之弊者，真乃愚不可及矣。

四月十六日（周二） 至 Craig 氏处。付一镑。氏曰："英国人梦寐以求者金钱，殊不可解矣。自己虽稍稍 lecture（讲课），但也得索钱。"朝，去银行取汇款。在 Bumpus 购书六十余日元。

Craig 曰："Tennyson（丁尼生）乃 artist（艺术家）也，大诗人也。虽然，犹有不足。彼之哲理诗浅显，彼之于 Nature（自然）之观念，较 Wordsworth（华兹华斯）为 scientific（科学），只是细致而已。Wordsworth 之杰作本在 T. 之上。"

四月十七日（周三） 又应 Edghill 招请，午后三时至 W. Dulwich。Miss Nott（Nott 小姐）在。承聆 Edghill 之耶稣说教。无奈之余述说自己之想法。Mrs. Edghill 谓余："您对 pray（祈祷）不虔诚。"余辩曰："我尚未发现有 pray 之必要。"Mrs. E 泣道："不识 great comfort（大安慰）之为何物，诚可悲矣。"遗憾之事。Mrs. E 谓："我将为您作 pray。"我以"请多照应"作答。E. 要我答应一事，我谓，您如此深切替我着想，我自当答应，言罢，即让我读 Bible（《圣经》）之《福音书》。虽觉遗憾，但还是答应去读。归时犹叮嘱我毋忘已承诺之事。我答以绝不会。自今日起，读《福音书》。

四月十八日（周四）《ホトトギス》来。二月二十八日发行。

昨日，寄日本银行、文部省收据。

四月十九日（周五） 得立花寄自 Port Said 之明信片[①]。

---

① 此信为立花铣三郎发出的最后一枚明信片。

得 Watanabe、望月二氏致谢信。打探下宿处一事，Swiss Cottage（地名）之 lady（女士）有回音来，答以决定搬去住。发德国池田①氏信。

四月二十日（周六） 今日午饭，鱼、肉、米、芋、pine-apple（菠萝）、核桃、橘子。七时，茶。姊妹俩一同外出，盖为新宅之窗帘等度量尺寸一事也。

异常快晴。难得。刮风。

四月二十一日（周日） 又快晴。仍刮风。

四月二十二日（周一） 家中空无一人。入 basement（地下室），观 kitchen, scullery, larder（厨房、碗柜、食橱）及 gas stove（煤气炉）。早，用餐时，房东老板娘道："哎呀，真要命，偌大个俄罗斯还打不过日本。"还不懂装懂评说道："俄罗斯舰队不光在东洋，整个儿就孱弱不堪。"其

---

① 池田菊苗（1864—1936），日本化学家，东京大学教授，"味之素"发明者。德国留学结束后，至伦敦。

丈夫申斥道，谈论此事，得稍稍读上些书，做过番调查，才有资格。其妻哑然。

快晴。燠热。底下梨花盛开。

四月二十三日（周二） 天气快晴。愉快。着夏服。戴草帽者颇多。亦有身着 blouse（宽松上衣）之 lady（女士）者。至 Craig 氏处。评论 Tennyson 之 *In Memoriam*（《悼念集》）。谓 Taste（品位）乃天赐之福，君得此，值得庆贺。归。送田中氏报纸。复池田氏信。因明晨三时要将行李搬送新住处，混乱不堪。穿一件衬衫收拾书籍。闻恺特小姐泣声，遇 a fright（一次惊吓）云。盖房地产代理人来过之故。家中夫人惧怕其人如同蛇蝎。饮茶时老板娘谓，若丈夫之家具被抵押，那便会将他们夫妇俩生生拆散。恨事。余收拾毕。三人去代理人处谈判。十一时顷归。房东谓谈判出人意料之顺利。其妹则谓，见 Oxford（牛津）之淑女，归家即觉 contrast（对比）强烈，若天色早早暗下就好了。天色早早暗下，即可将财产搬出也。

四月二十四日（周三） 朝，散步归。佩恩①唠叨。佩恩总趁家里无人时唠叨。唠叨足足持续了一刻钟，到底说了些什么，却浑然不解其意。盖为昨日房地产代理人来那会儿，无奈之下撒了个谎一事也。你要觉得不解、可笑而发笑，觉得她说得好玩正待发笑，她便越发唠叨不止。家里俨然成了寺院。我打点自己的行李。家里的人则收掇新宅去了，唯留吾辈及佩恩俩在家，甚感寂寥。而家中人若迟迟不归的话，吾辈则顿成傻瓜。八时顷佩恩上三楼来，告以房地产代理人又来矣，随后便又絮叨起来，说的什么则一句也听不懂。十时顷女仆复来。代理人今日凡来三遍矣。搬家如此匆忙，周遭颇觉怪异，犹令人起疑。家中人仍不见归来。何以不归？为之担虑。

四月二十五日（周四） 午后搬至 Tooting（地名）②。一听便是低鄙可厌之所，可厌之住房。无心久住。

---

① 布莱特家女佣，绰号贝姬帕冬，说一口夏目漱石听不懂的伦敦东区英语。
② 漱石到伦敦后的第四个住处，离伦敦中心更远了，位于伦敦南部偏鄙地段。此前第三个住处，则是随布莱特家一起搬入的。

四月二十六日（周五） 朝，去 Tooting Station（Tooting 车站）附近散步。无聊之地也。

四月二十七日（周六） 去 Balham（地名）。又萌动搬家之心。但那也得待池田君来后再说。

四月二十八日（周日） 至 Tooting Graveney Common（地名）。得远山①、藤代信。

四月二十九日（周一） 得铃木夫妇信。寄远山、法岱尔和金泽藤井信。

四月三十日（周二） 至 Craig 氏处。归宅。家中无人。自 Tooting Bee Common（地名）至 Mitcham（地名），归。

寄铃木信。

五月一日（周三） 自 Common 至 Streatham（地名）。

---

① 远山参良，第五高等学校英语教授。

五月二日（周四） 又至 Tooting Common。Glasgow（指格拉斯哥大学）之 Hill & Hoggan 送汇票来。寄诸井氏信。得中根母及妻信，及笔①之照片。

五月三日（周五） 至 Streatham。开收据给 Glasgow。得诸井氏回信，得知神田②氏在英。托咐房东兑换汇票。池田氏房间已作筹措。

五月四日（周六） 等候池田氏。未来。至 Balham。归途，乘铁轨马车。人足杂沓，拽住我，先下后上云。甚可佩也。

买蔷薇两朵，六便士，百合三朵，九便士。价贵惊人。

五月五日（周日） 朝，池田氏来。午后散步。神田、诸井、菊池三氏来访。

---

① 夏目笔子，漱石长女。
② 神田乃武（1857—1923），日本的英语教育家，贵族院议员。

五月六日（周一） 偕池田菊苗氏至 Royal Institute（英国皇家研究所）。池田在此从事研究。

与池田话至夜十二时余。

五月七日（周二） 至 Craig 氏处。池田氏馈赠照片。
日本银行催索收条信至。
寄远山氏目录，寄铃木美术明信片，寄日本银行收条。
得文部省二通书状。《ホトトギス》来。

五月八日（周三） 发文部省寺田会计课长信。发妻及虚子信。写信婉拒野游会。

五月九日（周四） 去 Tooting Common。读书。夜，与池田氏谈论英文学。氏乃读书颇多之人也。

五月十日（周五） 至 Mitcham Common。见 furze（荆豆属植物）散布于辽阔草原。

五月十二日（周日） 去 Streatham 访神田先生。先生谈论婚姻之事。Love or duty（爱或责任）。

田野中见 pigs，fowls（猪、家禽）。颇快适之家。午饭获款待。

五月十四日（周二） 至 Craig 氏处。购美术明信片三。田中氏书函至。与池田氏谈。

五月十五日（周三） 与池田氏做世界观、禅学之谈论。聆氏谈论哲学。

五月十六日（周四） 入小便所。房东老板娘曰，男子说起女子来总是口带不屑，称其什么物事，而女子实为颇 useful（有用）者，故如此称谓甚失敬云云。

夜，与池田谈论教育。又谈及中国文学。

五月十七日（周五） 晚，洋服店人来。留下货样即归。

五月二十日（周一） 夜，与池田谈。语涉理想美人之 description（描述）。二人均有颇详细之解释，而二人现有之妻，与此理想美人相去甚远，几无可比性可言。乃大笑。

五月二十一日（周二） 朝，洋服店货样来。去 Craig 处。付一镑，为讫止下一堂课之束脩。

昨夜捻髭而谈，致使右侧须根生出脓疖矣。

五月二十二日（周三） 晚，偕池田氏至 Common。男女成双结对，或坐于 bench（长椅），或席草地而坐，其间不乏搂抱 kiss（接吻）者，奇异之国风耳。

五月二十三日（周四） 复至 Common。得妻家信两封。得文部省书函一件。

铃木送来《太阳》①两部。得樱井氏信，盖为西洋人招

---

① 综合杂志，明治二十八年一月创刊，昭和三年终刊。

聘之事也。

五月二十五日（周六） 至 Lambeth Cemetery（墓地名）。墓场广袤，然周围颇偏鄙。

五月二十六日（周日） 再至 Lambeth Cemetery。

五月二十七日（周一） 颇热闹。我之住处位于 Epsom 街道，驾马车、吹喇叭通过此地之男女颇夥。周遭亦多熙来攘往之贫民。

五月二十八日（周二） 与房东一起至 Battersea（地名），浏览 The Dog House（宠物店名），盖为 Mr. Jack① 搜索也。得烤焙之犬骨二片。后至 Battersea Park（公园名）。

寄铃木美术明信片。

五月二十九日（周三） 至 Craig 氏处。得远山及妻信。

---

① 漱石房东家养的犬名。

致信 Hales（Prof.）①。寄妻信。

五月三十日（周四） 得 Hales 信。余所写二信，致恺茜一函有误，即纠正之装入信封。

六月一日（周六） 至 Balham 购诸物，用去二镑余。

六月三日（周一） 至 Elephant & Castle，购 Hazlitt 之 Handbook（手册）及其他旧书，约 2 guinea②。

Prof. Hales 信来，告知候选者事也。

购烟两盒。

六月四日（周二） 至 Craig 氏处。在 George Winter 购旧书。约九日元。

得 Prof. Hales 明信片，索取有关第五高校之印刷物。

---

① 伦敦大学教授，系日本第五高等学校招聘外籍教师，请托其推荐事。
② 几尼，英国旧时货币单位，相当于 21 先令。

六月五日（周三） 今日 Derby Day（德比马赛），我住家之附近嘈杂不堪。傍晚则彼等吹喇叭乘马车归来，颇杂沓。

六月六日（周四） 谨请午后三时二十分光顾 King's College（学院名），以与候选者直接面晤（Prof. Hales 信）。

至 King's College。与所约时间晚迟三十分，Prof. 已离去。

六月七日（周五） Prof. Hales 信来。通知明日与候选者 Sweet 氏碰面事。

六月八日（周六） 午后三时至 King's College，与 Sweet 面晤。以 College 闭门，遂至 Park。

六月十日（周一） 至 King's College，面晤 Prof. Hales。

六月十一日（周二） 至 Craig 处。经 Hyde Park, St. James Park（海德公园、圣詹姆斯公园），归。Miss Nott 书

函至。领事馆信亦至。付洋服店约一百日元。

六月十二日（周三） Sweet 之 application（申请书）及 testimonial（推荐书）来。给 Sweet 回信，还其 testimonial。给樱井氏写信。

寄 Nott 及樱井信。

六月十三日（周四） 得铃木美术明信片、《太阳》。得文部省留学生表及规定。学资来。

六月十四日（周五） Sweet 氏来函。复信。寄樱井氏信。

六月十五日（周六） Sweet 氏返函，言及希望订三年契约之意。

是日在池田室中，就暖炉烤火。

六月十八日（周二） 至 Craig 氏处，付一镑。至 Hippodrome（竞技场）。

田中氏、Wright 信至。日本冈部杂技团。

六月十九日（周三） 渡边氏来函。寄 Sweet，Wright，及渡边、田中四氏信。又寄藤代信。

文部省信来，命作详尽之学术研究旅行报告也。

六月二十一日（周五） 得 Sweet 氏信，明日 King's College 碰面事也。

六月二十二日（周六） 十时半在 King's College 与 Sweet 会面。午后一时，至田中氏处。问，观川上①戏剧否？答，不喜欢。遂至田中氏公寓。参观 Earls Court（地名）之 Exhibition（展览）。

六月二十四日（周一） 渡边氏来，为土井②氏下榻处

---

① 川上音二郎（1864—1911），日本演员。
② 土井晚翠（1871—1952），日本诗人、英国文学研究者。此时正在自费周游欧洲途次。

一事。

六月二十五日（周二） 至 Craig 氏处。

六月二十六日（周三） 池田氏离开 Kensington。

六月二十七日（周四） 池田氏明信片来。

六月二十八日（周五） 告诉布莱特夫人换公寓之意。

七月一日（周一） 日来颇感不快。系念于一些无聊之事。颇讶疑，是否得了神经病。然而又颇满不在乎。不可思议。

洒洒落落，光风霁月，臻达此境，难矣哉。糟糕糟糕。

寄铃木 Studio 之 Special number（特殊编号）美术明信片。

七月二日（周二） 至 Craig 氏处。

七月六日（周六） 至井原氏处。

七月八日（周一） 铃木夫妇美术明信片来。

七月九日（周二） 至 Craig 氏处。

至 Barker & Co.①（Castle Court，Cornhill），请托张布寻租公寓广告一事。

于 Holborn 购 Swinburne 及 Morris。

七月十一日（周四） 寄铃木 Academy Architecture（《学院建筑》）及建筑杂志一部。

七月十二日（周五） 得池田氏明信片。

复池田氏信。

应募之公寓信来。无数。

---

① 广告代理店。漱石寻租公寓的广告中，有"in a strictly private English family"之语，将范围限定在有文学趣味的英格兰人家庭，盖有出于对此前租住的布莱特家颇反感之意。

得大冢明信片。《心花》①送至。

得土井书函。

铃木寄《太阳》来。

七月十三日（周六） 得池田回信。

发 Miss Leale（里尔小姐）②及池田氏信。

七月十五日（周一） 终日寻觅下宿，烦躁。北起 Leighton Crescent（地名），南至 Brondesbury（地名）。午饭都顾不上吃，腿跑得酸僵，根本找不到一处称心的。真要命。归家后，因过于疲惫而无法成寐。

七月十六日（周二） 至 Clapham Common 之 The Chase，和 Miss Leale 面晤，与之商定迁居事宜。后至一包

---

① 佐佐木信纲主持的短歌杂志，明治三十一年（1898年）二月创刊。

② 为漱石在伦敦的第五处，也是最后一处公寓的房东里尔小姐。坐地铁的话，位于其住过的第三、第四处公寓中间，该公寓住着一对老小姐和一位年迈的上校。

店，购皮包二、帽盒一，四点四镑。

七月十七日（周三） 发 Miss Leale 信，又发 Mrs. Brunton（Brunton 夫人）信。

七月十八日（周四） Miss Leale 复信来。得山川明信片。寄池田氏之《日日新闻》来。

七月十九日（周五） 收掇整理，甚忙。汗流满面。预订之箱子未来。七时顷送至。发 Miss Leale 电报。发公使馆信。

报知藤代、井原、田中三氏迁居事。

七月二十日（周六） 午前搬至 Miss Leale 处。大骚动也。四时顷，书籍、大皮包送至。箱大，无法进门。于门前取出书籍，搬至三楼。颇费事。暑气难当，发汗足有一斗。室内乱杂，不能容膝。

七月二十一日（周日） 酷热。午后池田氏来，吃晚餐，十一时归。

七月二十二日（周一） 大阪铃木、熊本奥①、金泽西田②、京都紫川、伦敦田中信及《时事新报》来。

七月二十三日（周二） 至 Craig 氏处。

七月二十四日（周三） Cassell 之 *Illustrated History*（《插图历史》）第二十六卷及 *Wild Bird*（《野鸟》）第十卷来。

七月二十五日（周四） 大雷雨。

七月二十六日（周五） 喝茶时，二客人至，老太太之外甥，公子哥儿也。夫妇。一起上邮船公司探询。晚，有回

---

① 奥太一郎，时任第五高等学校教授。
② 西田几多郎（1870—1945），哲学家，以《善之研究》知名。时任第四高等学校教授，后任京都大学教授。

音来。

今日仍雨。

七月二十七日（周六） 今日仍雨。得德国藤代、芳贺之明信片。

发土井氏信。

七月二十八日（周日） 至 East Hill（东山）。晚，访老上校，谓日本当成为一伟大国家，并褒誉日本青年懂得礼让。

七月二十九日（周一）《ホトトギス》及《春夏秋冬》春之部①来。得山川信。

七月三十日（周二） 至 Craig 处。归途，访池田氏，未遇。Cassell 之 *Illustrated History* 第二十七卷至。

---

① 系正冈子规明治三十年以降的选句、按四季分类编纂而成的句集春之部。

八月一日（周四） 得池田氏信。国内铃木由日本银行汇来三英镑，不知何故汇钱来。

八月二日（周五） 发池田、Sweet、铃木、芳贺信。去日本银行取钱。

得文部省信。得铃木时子①信。

八月三日（周六） 朝，自 Battersea（地名）至 South Kensington（地名），访池田氏，在彼处吃午饭。午后至 Cheyne Road 24（Cheyne 路 24 号），观 Carlyle②故宅，颇简陋。至 Cheyne Walk（地名），观 Eliot③及 D. G. Rosseitt 故居。D. G. Rosseitt 之塑像立于 Garden 前喷水池之上。

八月六日（周二） 至 Craig 处。氏评我诗，谓似 Blake

---

① 漱石夫人妹妹，铃木祯次之妻。
② 卡莱尔（1795—1881），英国批评家、历史学家，著有《衣服哲学》《英雄及英雄崇拜》等。
③ 乔治·艾略特（1819—1880），英国女作家。漱石归国后，曾以其小说作为上课的教材。

（布莱克，英国诗人），然 incoherent（不连贯）云。

八月七日（周三） 土井氏明信片来。Cassell 的《插图历史》第 28 卷来。

八月八日（周四） Cassell 之 *Wild Bird* 来。

山川信、俣野年贺状来。

八月九日（周五）《日本新闻》①来，铃本寄《读卖新闻》来。

得村上氏明信片。

八月十日（周六） 得樱井氏电报、E. Fardel 氏信。

发 Sweet 氏及 Fardel 氏信。

八月十一日（周日） 访 E. Fardel 氏。在 Battersea

---

① 明治二十二年（1890 年）二月创刊，大正三年（1914 年）十二月终刊。该报为正冈子规提倡俳句短歌革新的重要舞台。

P.（公园名）门前听无神论者之演说。

八月十二日（周一） 得 Sweet、土井二氏信。晚，Sweet 信来。谓欲九月十三日起程云。

八月十三日（周二） 至 Craig 处。付半英镑。井原氏来，夜十二时半顷归。

八月十四日（周三） 得大幸①氏信。

八月十五日（周四） 土井氏电报来。

至 Victoria Station（维多利亚车站），接土井氏。

得故乡妻、岳父及梅子②信。妻寄来冬季内衣二件，手绢二枚，梅子寄来手绢二枚。

八月十七日（周六） 田中氏来。至 Hyde Park（海德

---

① 大幸勇吉（1866—1950），日本物理学家，后任京都大学教授。
② 漱石夫人妹妹。

公园），观针对Protestants（新教）之Catholic（天主教）的demonstration（示威）。听四五人之演说。

八月二十日（周二） 至Craig处。付一镑。（贷与其三回课之学费）

在Charing Cross Road（路名）购旧书及新版书。五十六七日元也。

八月二十一日（周三） 《日本新闻》《太阳》来。

八月二十二日（周四） 得Sweet氏信。复信。

得菊池仙湖[①]明信片。

晚，老太太姐婿夫妇来。一起喝茶，共进晚餐。

八月二十四日（周六） 在Bedford Row（地名）与Sweet会面。

[①] 菊池谦二郎，漱石友人。

八月二十五日（周日） 去 Chelsea（地名）访 Fardel。昼餐后一同上 Hyde Park 散步。听街头演说。

八月二十七日（周二） 至 Craig 处。

八月二十九日（周四） 夜，池田来。

八月三十日（周五） 送 Sweet、池田、吴秀三[①]氏。

九月二日（周一） 在 Elephant & Castle 购旧书。晚，法国少年莫里斯因乃兄将其留在家中而哭泣，陪其玩扑克。

九月三日（周二） 村上氏来。

九月七日（周六） 携莫里斯去 Hyde Park 一带散步。至 Natural History Museum（自然历史博物馆）。

---

① 吴秀三（1865—1932），日本著名精神病学者。后漱石曾请托其为友人菅虎雄开具过神经衰弱诊断书。

九月十二日（周四） 得寺田寅彦①、野口胜太郎信。

九月十三日（周五） 遇 Dr. Furnivall②。精神矍铄之老爷子也。

九月十四日（周六） 午后至 Wimbledon Common（地名）。七时半归宅。又顺道去了下桑原氏寓所。

得樱井氏信。

九月二十一日（周六） 付洋服店账。向 Glasgow University 索取之考试 paper（试卷、论文）来。

携莫里斯散步。

九月二十三日（周一） 发 Glasgow 信，发妻信。

---

① 寺田寅彦，日本物理学家、随笔家。读第五高等学校时为漱石学生。
② 1910 年 10 月 5 日，漱石从伦敦 *Atuenaeum* 周刊上读到 Dr. Furnivall 去世的报道。

至 King's College。在 Denny 购 Ethics（《伦理学》）及 Origin of Art（《艺术之源》）。

九月二十五日（周三） 文部省学资来。得大坂铃木信。得妻和伦①信。铃木寄《太阳》《读卖新闻》及利喜子②之照片来。

十月七日（周一） 发 Craig 信。

十月八日（周二） Cassell 的《插图历史》、Hundred Pictures（书名）来。

十月十三日（周日） 偕土井氏至 Kensington Museum（博物馆名）。

十月十四日（周一） 在 West Hampstead（地名）遇长

---
① 中根伦，漱石夫人的弟弟。
② 漱石连襟铃木祯次的二女儿。

尾氏。

十月十五日（周二） Cassell 的《野鸟》和《插图历史》来。

访 Craig。未遇。还书即离去。

十月十六日（周三） 铃木寄《太阳》来。始读 Bosanquet[①]。

十月二十一日（周一） *Hundred Pictures*（书名）来。

十月二十二日（周二） *Living London*（书名）及《插图历史》来。

十一月三日（周日） 俳句会。

[①] 伯纳德·鲍桑葵（1848—1923），英国哲学家、美学家。漱石藏有其 *A History of Aesthetic*（《美学史》，1892）。

十一月四日（周一） 购书。

十一月十三日（周三） 学资来。寄文部省、中央金库收条。